Jochen Till

Luzifer junior
Zu gut für die Hölle

Jochen Till

LUZIFER junior

Zu gut für die Hölle

Mit Illustrationen von Raimund Frey

Band 1

Loewe

FSC
www.fsc.org
MIX
Papier aus verantwortungsvollen Quellen
FSC® C014496

ISBN 978-3-7855-8366-1
2. Auflage 2017

Dieses Werk wurde vermittelt durch die Agentur Brauer
Illustrationen: Raimund Frey
Umschlaggestaltung: Michael Dietrich
Printed in Germany

www.loewe-verlag.de

Inhalt

»HUNDERTTAUSEND HEULENDE HÖLLENHUNDE! DAS DARF DOCH NICHT WAHR SEIN! WER WAR DAS?«

Mörder kriegen keine Erdnüsse

Ich. Ich war das, Papa.

»BIN ICH DENN NUR VON STÜMPERN UMGEBEN? VERFLUCHT NOCH MAL! WIE SCHALTET MAN DAS DENN AUS? STEVEN? STEVEN!«

»Ja, Chef?«

»DU HAST DOCH DEN GANZEN NEUMODISCHEN QUATSCH HIER INSTALLIERT! WIE SCHALTET MAN DAS AUS?«

»Sie müssen einfach nur die Stopp-Taste drücken.«

»DIE STOPP-TASTE? WELCHES IST DENN DIE STOPP-TASTE? DIE MIT DEM PFEIL?«

»Nein, die daneben. Die mit dem Kästchen.«

Unfassbar, oder? Mein Vater weiß nicht einmal, wie eine stinknormale Stopp-Taste aussieht. Und er ist der oberste Boss hier.

»DAS FUNKTIONIERT NICHT! JETZT IST ES NOCH LAUTER GEWORDEN!«

Klar. Weil ich die Tasten vertauscht habe.

»Kann nicht sein«, sagt Steven. »Mein Computersystem ist das beste der Welt. Wenn man da auf die Stopp-Taste drückt, dann stoppt die Musik auch.«

»Da stoppt überhaupt nichts. Guck doch selbst! Die tanzen da unten! Die haben SPASS! Das geht nicht! Das verstößt gegen die Hauptdirektive! Hier gibt es keinen Spaß! Wir sind das Gegenteil von Spaß! Das muss aufhören! Mach was, Steven! Und zwar sofort! Sonst kannst du für den Rest der Ewigkeit Fenster putzen!«

»Nein, bitte nicht!«, jammert Steven. »Bloß keine Fenster! Lassen Sie mich mal da ran, Chef. Das haben wir gleich.«

»Beeil dich! Wenn sich das rumspricht, kommen wir alle in Teufels Küche! Und ihr wisst genau, was passiert, wenn ich anfange zu kochen!«

Oh ja, das wissen wir. Mir ist jetzt noch schlecht vom letzten Mal. Nichts gegen ein bisschen Schwefel, aber Pfannkuchen muss man nicht unbedingt daraus machen.

»Ich habe den Fehler gefunden«, sagt Steven. »Da hat jemand die Tasten vertauscht.«

»Die Tasten vertauscht? Du meinst absichtlich? Das ist Sabotage! Wer macht denn so was?«

»Hm«, sagt Steven nachdenklich. »Ich kenne hier eigentlich nur einen außer mir, der sich mit Computern auskennt. Und das ist …«

»LUZIE! Diese hinterhältige kleine Kröte!«

Falsch. Ich heiße nicht Luzie, sondern Luzifer. Genau wie er. Luzifer junior, um korrekt zu sein. Und ich bin auch keine Kröte, sondern sein Sohn. Jawohl, ich bin ein Kind des Teufels. Satans Fleisch und Blut. Der Spross des Leibhaftigen, des Höllenfürsten und wie auch immer er sonst noch genannt wird. Ich weiß, das klingt erst mal unglaublich cool. Ist es aber nicht. Wer hat schon gern den fiesesten Typ der Welt zum Vater? Dabei ist er gar nicht so gemein, wie alle immer denken. Das ist nur seine Arbeit. Leute bestrafen, arme Seelen quälen, tagein, tagaus, vierundzwanzig Stunden am Tag, sieben Tage die Woche, ein echter Knochenjob. Wahrscheinlich wird man da automatisch fies. Obwohl er eigentlich so gut wie gar nichts selbst macht, die Drecksarbeit erledigen seine Angestellten. Es sei denn, es geht darum, *mich* zu bestrafen, wenn ich Mist gebaut habe. Das übernimmt er jedes Mal höchstpersönlich. Was ziemlich oft vorkommt. Weil ich ihm nicht böse genug bin. Was auch leider stimmt. Ich wäre ja gerne so böse wie er. Aber ich schaffe es einfach nicht. Obwohl ich es immer wieder versuche. Manchmal klappt es sogar. So wie bei den Tierquälern in Abteilung 7b. Okay, bei denen fiel es mir auch nicht schwer, fies zu sein. Ich hasse diese Typen, die sind echt der letzte Abschaum. Und deswegen darf jetzt jeder einzelne dieser Mistkerle pausenlos bis ans Ende der Zeit die Höllenhundkacke in unserem Vorhof wegmachen. Mit bloßen Händen. Ohne Handschuhe. Mit einer Katze auf dem Kopf, die denkt, er wäre ein Kratzbaum. Das war meine Idee. Und da war Papa auch

mächtig stolz auf mich. Was heute sicher nicht der Fall sein wird. Denn mit den Jungs von Abteilung 27 ist das anders. Diese Art von Folter hat wirklich niemand verdient. Meine Aktion wird sie sicher nicht retten, aber wenigstens konnten sie mal kurz verschnaufen. Wir befinden uns zwar in der hochoffiziellen Hölle, aber selbst hier sollte ab und zu mal eine Pause erlaubt sein, finde ich. Ist es aber nicht. Und deswegen kriege ich gleich richtig Ärger. Sobald Papa mich erwischt, macht er mich ordentlich zur Schnecke. Und das meine ich wörtlich.

»Wo ist dieser Satansbraten? LUZIE!«

Wo ich bin? Direkt unter seinem Schreibtisch.

»Hihi«, kichert Steven. »Satansbraten. Der war gut, Chef.«

»Fenster, Steven«, knurrt mein Vater. »Ich sage nur: Fenster. LUZIE! KOMM SOFORT HIERHER!«

Ich bin doch schon da. Hier unten. Direkt vor seinen Hufen. Zum Glück habe ich die nicht von ihm geerbt. Ich habe ganz normale Füße. Und keine Hörner. Wobei die bei ihm auch nicht immer zu sehen sind. Sie werden je nach schlechter Laune länger oder kürzer. Jede Wette, jetzt sieht man sie gerade sehr deutlich.

»LUZIE! ICH SAG'S NICHT NOCH MAL! DU WEISST GENAU, WAS PASSIERT, WENN DU NICHT SOFORT HIERHERKOMMST!«

Ja, das weiß ich. Dann krieche ich für den Rest des Tages als glibberige Schnecke durch die Gegend. Aber das passiert auch, wenn ich nicht komme.

»Diese verflixte kleine Mistratte! Na warte! Steven, welche Taste muss ich drücken, wenn ich Cerberus rufen will?«

»Die mit dem kleinen Hund drauf«, antwortet Steven. »Habe ich extra für Sie entworfen, Chef. Sie können ihm aber auch eine Nachricht über ***HellsApp***© schreiben. Das habe ich letzte Woche installiert und jetzt nutzt es schon jeder Zweite hier. Das ist wie SMS, nur schöner.«

»Du immer mit deiner modernen Technik«, knurrt mein Vater. »Wieso soll ich denn meinem Höllenhund eine SMS schreiben, wenn ich genauso gut nach ihm brüllen kann? CERBERUS! SOFORT ZU MIR! BEI FUSS!«

Okay, das war's dann für mich. Cerberus findet jeden. Er ist der beste Höllenhund, der hier rumläuft. Und der liebste. Das darf mein Vater aber nicht wissen. Er denkt, Cerberus schnappt jeden Ausreißer, weil er ihn fressen will. Dabei will er einfach nur gestreichelt werden. Weil aber alle Angst vor ihm haben, streichelt ihn natürlich keiner, und aus Enttäuschung beißt er sie dann. Bei mir weiß er aber ganz genau, dass er gestreichelt wird. Er hat übrigens keine drei Köpfe, wie immer alle denken.

Es sind nur zwei, einer vorne und einer hinten, oder umgekehrt. Jedenfalls ist einer süßer als der andere. Aber welcher das ist, sage ich nicht, sonst wird der andere eifersüchtig.

Keine Minute später höre ich Cerberus' fröhliches Bellen.

»Da bist du ja endlich«, brummt mein Vater. »Ich habe einen Auftrag für dich. Luzie hat sich mal wieder einen seiner dummen Scherze erlaubt. Such ihn und bring ihn sofort hierher. Du darfst ihm auch ruhig unterwegs irgendwas abbeißen. Wächst ja wieder nach.«

Das stimmt. Ich bin nämlich wie Papa unsterblich. Das habe ich herausgefunden, als ich mal mit den Bombenbauern aus Abteilung 47 gespielt habe, und mein Kopf explodiert ist. Unsichtbar bin ich aber leider nicht.

»LOS! SUCH LUZIE!«, befiehlt mein Vater seinem Höllenhund. Im nächsten Augenblick höre ich, wie Cerberus' Krallen an der Frontseite des Schreibtischs scharren.

»DOCH NICHT DA!«, brüllt mein Vater. »DUMMER HUND! DUMMER, DUMMER HUND!«

Cerberus läuft um den Schreibtisch herum und fängt an, aufgeregt zu bellen. Er hat mich entdeckt und versucht, an Papas Beinen vorbei zu mir zu kommen. Dann springt er auf Papas Schoß und kläfft zu mir herunter.

»WAS SOLL DENN DAS JETZT?«, poltert mein Vater los. »NEIN, JETZT WIRD NICHT GESCHMUST! HÖRST DU NICHT? DU SOLLST LUZIE SUCHEN! RUNTER VON MIR! SOFORT!« Er rollt mit seinem Stuhl ein Stück zurück. Cerberus springt von seinem Schoß und stürzt fröhlich kläffend auf mich zu. Okay, das war's dann wohl für mich.

Cerberus schleckt mir das Gesicht ab und ich kraule ihn kräftig an beiden Hinterköpfen. »Ja, lieber Hund«, sage ich lachend. »Hast du mich gefunden? Gut gemacht! Du bist der Beste!«

Das Gesicht meines Vaters schiebt sich von oben in mein Blickfeld. Aus seiner Nase zischt gelber Schwefelrauch. Seine Hand schnappt mich am Kragen und er zieht mich mit einem Ruck aus meinem Versteck.

»SAG MAL, SPINNST DU JETZT KOMPLETT,

ODER WAS?«, poltert er los. »WIE OFT HABE ICH DIR SCHON GESAGT, DU SOLLST DIE FINGER VON DER PLAYLIST FÜR ABTEILUNG 27 LASSEN?«

»Äh … Moment …«, sage ich, an seinem ausgestreckten Arm in der Luft baumelnd. »Genau 1382 Mal.«

Hatte ich schon erwähnt, dass ich ein außergewöhnlich gutes Gedächtnis habe? Wo das herkommt, weiß ich nicht – Papa vergisst ja schon nach fünf Minuten, wen er zum Frühstück gegessen hat.

»ABER MINDESTENS!«, brüllt er schnaubend. »UND WIE KOMMT ES DANN BITTESCHÖN *DAZU*?«

Er zeigt auf den Monitor von Abteilung 27. Die Jungs tanzen immer noch ausgelassen fröhlich und haben jede Menge Spaß.

»DA LÄUFT METALLICA!«, brüllt mein Vater weiter. »SOLL DA ETWA METALLICA LAUFEN? STEHT DAS SO IM BESTRAFUNGSPLAN FÜR ABTEILUNG 27? ICH GLAUBE NICHT!«

»Öh … keine Ahnung, was da steht«, sage ich. »Du weißt doch, ich lese nicht so gern.«

»DEINE FRECHEN BEMERKUNGEN KANNST DU DIR SPAREN! ICH ZEIG DIR, WAS DA STEHT!«

Er wühlt mit seiner freien Hand in einem Stapel Papier auf dem Schreibtisch herum.

»STEVEN! WO SIND DENN DIESE VERFLIXTEN BESTRAFUNGSPLÄNE AUF EINMAL HINGEKOMMEN? GESTERN WAREN SIE DOCH NOCH HIER!«

»Die digitalisiere ich gerade«, antwortet Steven. »Sie wissen doch, unser nächstes Großprojekt, die papierlose Hölle. Erinnern Sie sich? Das haben wir bei der letzten Jahressitzung beschlossen.«

»DAS IST MIR SCHNURZPIEPEGAL, WAS IHR DA BESCHLOSSEN HABT! ICH WILL DIE BESTRAFUNGSPLÄNE! AUF PAPIER! UND ZWAR JETZT GLEICH!«

»Ja, Chef. Kein Problem, Chef. Sofort, Chef«, sagt Steven und wühlt hektisch in einer Schublade herum.

»Die papierlose Hölle«, grummelt mein Vater vor sich hin, während er wartet und ich immer noch an seinem Arm baumle. »Was denn noch alles? Zuerst dieses verfluchte Finsternet und jetzt das. Die spinnen doch da oben. Und mich fragt natürlich wieder mal keiner. Das ist so …«

»Hier, Chef!«, unterbricht ihn Steven und drückt ihm ein Blatt Papier in die Hand. »Der Bestrafungsplan für Abteilung 27!«

Mein Vater hält mir das Blatt vor die Nase.
»Los! Vorlesen! Was steht da?«
Da steht:

Bestrafungsplan

Abteilung 27 (Heavy Metal Fans)

Die Inhaftierten haben sich des Vergehens schuldig gemacht, Heavy-Metal-Musik nicht nur zu hören, sondern auch noch gut zu finden. Dafür sieht der Bußkatalog eine Strafe von einhundert Jahren ohne Bewährung vor. In dieser Zeit muss den Verurteilten fortwährend und ausschließlich **Volksmusik** (wahlweise bayrischen und/oder österreichischen Ursprungs) in einer nicht zu überhörenden Lautstärke vorgespielt werden. Eine Verkürzung der Strafe kann nach frühestens neunundneunzig Jahren beantragt werden – perfekte Jodelkenntnisse vorausgesetzt.

»Hm? Was heißt das?«, hakt mein Vater nach. »Steht da irgendwas von Metallica?«
Ich schüttle den Kopf.
»Da steht dick und fett Volksmusik, oder?«, fragt er.
Ich nicke.

»Ist Metallica etwa eine bayrische oder österreichische Volksmusikkapelle?«

Ich schüttle wieder den Kopf.

»UND WARUM LÄUFT DANN DA UNTEN IN VOLLER LAUTSTÄRKE METALLICA?«, brüllt er und schüttelt mich dabei kräftig durch. »KANNST DU MIR DAS BITTE MAL ERKLÄREN?«

»Weil das nicht fair ist!«, antworte ich.

»FAIR? WIR SIND HIER IN DER HÖLLE, LUZIE! DAS EINZIGE, WAS HIER FAIR IST, IST DER TRITT IN DEN HINTERN, DEN JEDER ZUR BEGRÜSSUNG KRIEGT!«

»Aber die haben doch gar nichts gemacht!«, erwidere ich. »Die haben nur Heavy Metal gehört! Und jetzt werden sie mit Volksmusik dafür bestraft! Volksmusik, Papa! Das ist unmenschlich!«

»Ach, Luzie«, sagt mein Vater und setzt mich seufzend auf dem Boden ab. »Denkst du, das weiß ich nicht? Ich höre doch auch viel lieber Hard Rock. Und du hast vollkommen recht, dafür sollte man nicht in die Hölle kommen. Aber du weißt doch ganz genau, dass das nicht meine Entscheidung ist. Wer in die Hölle kommt und wer nicht, bestimmt einzig und allein der CEO. So wie alles andere hier. Und der CEO hasst Heavy Metal. Deswegen hat er Abteilung 27 gegründet und diese armen Teufel müssen Volksmusik hören.«

Oh Mann. Immer dieser blöde CEO. Das steht für Chronisch Einzigartiger Oberchef. Er wohnt ganz oben, heißt es. Wobei ich ihn noch nie gesehen habe. Eigentlich hat ihn bisher niemand gesehen, den ich kenne. Außer Papa. Der kennt ihn wohl von ganz früher. Und er hat Schiss vor ihm. Echt jetzt. Mein Vater, der Teufel höchstpersönlich, der fieseste und mächtigste Mann der Unterwelt, hat Schiss vor seinem Chef.

»Was glaubst du, was hier los ist, wenn der CEO mitkriegt, dass da unten Metallica läuft?«, fährt mein Vater fort. »Er hasst es, wenn seine Anweisungen nicht haargenau befolgt werden. Egal, wie schwachsinnig sie sind. Auch wenn ich das hier jetzt schon seit über 2000 Jahren mache: Ich bin nicht unkündbar, Luzie.«

»Jetzt übertreibst du aber«, sage ich. »Er wird dich

schon nicht wegen ein bisschen Metallica rausschmeißen.«

»Du hast keine Ahnung, wie unberechenbar er ist. Kannst du dich noch an Onkel Azrael erinnern?«

Dunkel. Ganz dunkel. Weil er sich immer nur im Schatten bewegt und einen schwarzen Umhang getragen hat. »Ja«, sage ich. »Komischer Kerl. Hab ihn aber lang nicht gesehen.«

»Genau das ist es ja«, sagt mein Vater. »Er war eine ziemlich große Nummer hier unten, sozusagen meine rechte Hand. Bis er eines Tages in Abteilung 3 aus Versehen eine Erdnuss hat liegen lassen. Du kennst die oberste Direktive für Abteilung 3?«

»Ja«, sage ich. »Mörder kriegen keine Erdnüsse.«

»Stimmt genau. Und weißt du, was Onkel Azrael seitdem macht? Er zählt die Schneeflocken über der Arktis. Und wenn er sich auch nur um eine einzige Schneeflocke verzählt, muss er die komplette Ladung für den nächsten Tag aus eigener Tasche bezahlen. Glaub mir, der CEO versteht bei solchen Sachen keinen Spaß.«

Der wird mir immer unsympathischer, dieser komische CEO. Und das werde ich ihm auch sagen, sollte ich ihn irgendwann einmal treffen. Da kann er noch so mächtig und allwissend und der Oberchef sein – mir macht er damit keine Angst.

»Aber müsste er sich dann nicht schon längst beschwert haben?«, frage ich. »Es heißt doch immer, er hört und sieht alles.«

»Na ja«, antwortet mein Vater. »Er ist mittlerweile auf einem Auge so gut wie blind. Und um diese Uhrzeit hat er normalerweise sein Hörgerät ausgeschaltet, damit er in Ruhe stricken kann. Er ist eben auch nicht mehr der Jüngste. Vielleicht haben wir Glück und er hat es ausnahmsweise nicht mitgekriegt.«

»Na, dann ist doch alles in Ordnung«, sage ich und bewege mich unauffällig langsam rückwärts in Richtung Tür. »Falls du mich suchst, ich bin in meinem Zimmer.«

»Nicht so schnell, Freundchen«, knurrt mein Vater und schnappt mich wieder am Kragen. »Du glaubst doch wohl selbst nicht, dass du hier ohne Strafe rauskommst.«

Doch, genau das habe ich geglaubt. Oder eher gehofft. Offenbar leider vergeblich. Das Schlimmste daran ist aber nicht die Tatsache, dass ich gleich als Schnecke geschätzte zehn Stunden bis zu meinem Zimmer brauchen werde – das Schlimmste ist die mit Sicherheit gleich folgende Ansprache meines Vaters.

»Ich mache mir echt Sorgen um dich, Luzie.« Ja, so fängt es immer an. Aber wenn man sich um jemanden Sorgen macht, bestraft man ihn dann?

»Das war ja heute nicht das erste Mal, dass du Mist gebaut hast.«

Stimmt. Es war das dreihundertsechsundsiebzigste Mal.

»Das Problem ist, dass du einfach zu nett bist. Wir sind hier in der Hölle, Luzie.«

Ach was? Als ob ich nicht wüsste, wo ich wohne.

»Du weißt, ich will in drei- bis vierhundert Jahren in Rente gehen. Und dann möchte ich, dass du den Laden übernimmst.«

Ich kann es kaum erwarten. Dann würde hier nämlich einiges anders laufen. Metallica anstatt Volksmusik, zum Beispiel.

»Das kriege ich da oben aber nie durch, wenn du weiter so lieb bist. Ich weiß auch nicht, woher du das hast, aber dieses … dieses Mitleid muss aufhören. Das kannst du dir in diesem Posten nicht erlauben. Du musst lernen, härter zu werden und Entscheidungen zu treffen, die nicht allen gefallen. Du bist jetzt fast zwölf, also alt genug. Und deswegen wirst du morgen früh am Team-Meeting teilnehmen, damit du das Geschäft langsam besser kennenlernst.«

Oh, das mit dem Team-Meeting ist neu. Nichts dagegen. Da wollte ich immer schon mal Mäuschen spielen. Aber das muss er ja nicht unbedingt wissen. Vielleicht bleibt mir so ja das schleimige Schneckendasein erspart.

»Was? Ich soll zu eurem langweiligen Team-Meeting? Muss das sein?«, stöhne ich.

»Ja, das muss sein«, knurrt mein Vater.

»Na gut«, seufze ich. »Das ist echt gemein. Dann also bis morgen früh.«

Ich bewege mich wieder langsam in Richtung Tür.

»Netter Versuch«, sagt mein Vater und lacht höhnisch. »Du glaubst doch nicht wirklich, dass das schon deine Strafe war.«

»Hätte ja sein können«, sage ich. »Aber mach mich bitte diesmal nicht so schleimig, das geht immer so schwer wieder ab.«

»Ich werde dich überhaupt nicht schleimig machen«, sagt mein Vater fies grinsend. »Heute probieren wir mal was ganz Neues. Die Idee hatte ich gestern Abend während der Sportschau. Bist du bereit?«

»Nein! Warte! Ich …«

Aber da ist es schon zu spät. Mein Vater schnippt mit dem Finger, es ertönt ein lauter Knall und um mich herum erscheint eine gelbe, nach Schwefel stinkende Wolke. Als sie sich verzieht, sehe ich meinen Vater von ziemlich weit unten vor mir stehen. Ganz so winzig wie eine Schnecke bin ich nicht, aber immer noch ziemlich klein. Ich versuche, mich zu bewegen, aber es funktioniert nicht. Offenbar habe ich weder Arme noch Beine. Ich rolle meine Augen nach oben und unten, nach links und nach rechts, aber ich kann nichts von mir sehen.

Mein Vater lacht laut los und schlägt sich dabei auf die Schenkel.

»Was … was bin ich?«, frage ich verwirrt.

»Das ist gut!«, grölt mein Vater. »Das ist wirklich saugut! Steven! Haben wir einen Spiegel?«

»Nein«, antwortet Steven. »Aber Sie könnten ein Foto mit ihrem Schrei-Phone machen.«

»Stimmt«, sagt mein Vater und greift nach seinem Schrei-Phone. »Wie ging das noch gleich? Kamera öffnen und auf den roten Kreis drücken, oder?«

»Genau«, sagt Steven.

Mein Vater richtet das Schrei-Phone auf mich und drückt ab. Ein schmerzerfüllter Schrei ertönt, wie bei allen Funktionen dieser Modellreihe. Mein Vater hält das Ergebnis vor meine Augen. Ich muss ein Kichern unterdrücken. Dieser Mann ist einfach zu doof, wenn es um moderne Technik geht – er hat ein Foto von sich selbst gemacht.

»Super, Papa«, sage ich. »Jetzt sehe ich endlich genauso aus wie du.«

Er schaut sich verwundert das Foto an.

»Was? Wieso …«

»Sie haben die Selfie-Funktion eingeschaltet, Chef«, sagt Steven grinsend. »Wahrscheinlich noch von gestern, als Sie das Profilbild für Hellbook gemacht haben.«

»Hunderttausend heulende Höllenhunde«, knurrt mein Vater. »Ich hätte mich niemals darauf einlassen sollen, diesen ganzen neumodischen Kram hier einzuführen. Und wie schalte ich diese verdammte Selfie-Funktion wieder aus?«

Steven drückt einmal kurz auf das Display, wieder ertönt ein Schrei.

»Ist eigentlich ganz einfach, Chef«, sagt er.

»Ach ja?«, knurrt mein Vater. »So einfach wie Fensterputzen?«

Er schießt noch ein Foto und hält mir das Schrei-Phone entgegen. Okay, diesmal hat es geklappt. Ich sehe mich. Und ich bin …

»Ein Fußball?«

»Ja!«, sagt mein Vater. »Ein absoluter Brüller, oder? Dass mir das nicht früher eingefallen ist!«

»Spitzenwitz, Papa«, sage ich betont unbegeistert. »Wenn ich sterben könnte, würde ich wahrscheinlich gleich vor Lachen tot umfallen.«

»Kannst du nicht!«, erwidert er. »Du bist ein Ball! Bälle können nicht umfallen!«

»Haha. Noch so ein Witz und ich kugle mich vor Lachen. Kannst du mir vielleicht mal verraten, wie ich jetzt zu meinem Zimmer kommen soll?«

»Ach, das ist doch überhaupt kein Problem. Steven, mach mal die Tür auf!«

Steven öffnet die Tür. Mein Vater dreht mich mit dem Gesicht zum Ausgang. »Schön stillhalten!«, sagt er.

Ich höre, wie er drei Schritte zurücktritt.

»Was hast du vor?«, frage ich argwöhnisch. »Du willst mich doch wohl hoffentlich nicht … AAAAAAAAAH!«

Ich sause durch die Luft und drehe mich dabei gefühlte tausendmal um mich selbst. Dann krache ich an den Türpfosten, knalle draußen gegen die Wand und kullere den Flur entlang.

»KEINE SORGE!«, brüllt mir mein Vater hinterher. »JEDER, DER EINEN FUSSBALL AUF DEM BODEN LIEGEN SIEHT, TRITT AUTOMATISCH DAGEGEN! UND IRGENDWANN WIRST DU SICHER AN DEINEM ZIMMER VORBEI GEKICKT! WIR SEHEN UNS DANN MORGEN FRÜH! SIEBEN UHR! SEI PÜNKTLICH!«

Alberne Hüte

Hey! Was war das denn? Irgendwas hat meinen linken Fuß berührt! Da schon wieder! Was ist das? Irgendwas zwickt mich in den Fuß! Nicht! Das kitzelt doch!

»AUFHÖREN!«

Ich ziehe die Bettdecke nach oben und werfe einen Blick auf meine Füße. Ein Eichhörnchen hat meinen großen Zeh umklammert und beißt kräftig zu.

»HEY!«

Natürlich ist das nicht wirklich ein Eichhörnchen, das ist mir sofort klar. In der Hölle gibt es keine Eichhörnchen. Aber es gibt Dämonen. Und diesen kleinen Dämon kenne ich sehr gut. Er beißt noch einmal zu.

»CORNIBUS! LASS DAS!«

Cornibus ist mein kleiner Hausdämon. Papa hat ihn mir geschenkt, als ich fünf war. Weil ich mich so sehr für Tiere interessiert habe und immer welche sehen wollte. Cornibus kann sich nämlich in jedes Tier verwandeln, das es gibt. Sogar in einen Elefanten,

obwohl er in seiner ursprünglichen Form nicht größer als ein Kapuziner-Äffchen ist. Er sieht auch ein bisschen so aus, nur nicht ganz so niedlich. Als Eichhörnchen ist er normalerweise sehr süß – wenn er nicht gerade in meinen Fuß beißt.

»JETZT HÖR DOCH MAL AUF DAMIT, CORNIBUS! WAS SOLL DAS DENN?«

»Muss Luzie wecken«, krächzt er. »Luzie aufstehen. Papa treffen. Gestern gesagt.«

Was? Aufstehen? So früh? Papa treffen? Kann nicht sein.

»Was faselst du da?«, sage ich zu Cornibus und ziehe mir die Decke über den Kopf. »Das hast du vielleicht geträumt. Lass mich schlafen.«

»Cornibus träumt nicht. Luzie aufstehen. Tiemvermietung.«

Wie bitte? Tiemvermietung? Was soll das denn sein? Ich glaube, ich muss wieder öfter mit ihm sprechen üben. Hausdämonen lernen leider nur sehr schwer sprechen. Mit Cornibus habe ich von Anfang an geübt, er kann mehr als die meisten seiner Artgenossen, aber manchmal bringt er noch Sachen durcheinander. »Das Wort Tiemvermietung gibt's nicht, Cornibus. Lass mich schlafen. Mir ist noch ganz schlecht von gestern.«

Und wie. Mit dieser Fußball-Nummer hat sich mein Vater echt selbst übertroffen. Der Weg zurück in mein

Zimmer war die reinste Tortur. Sechs Stunden lang bin ich kreuz und quer durch die Hölle gekullert. Drei davon habe ich fast ausschließlich durch die Luft fliegend verbracht, weil ich während der Mittagspause in die Cafeteria gerollt bin. Die Folterknechte haben sich natürlich sofort auf mich gestürzt und ein kleines Match gegen die Leute aus der Küche veranstaltet. Labskaus, unser Chefkoch-Dämon, stand im Tor und hat mich zweimal verschluckt. Jetzt weiß ich, wie er von innen aussieht – und zwar komplett, denn rausgekommen bin ich jeweils hinten. Nicht schön. Als ich dann endlich in mein Zimmer gerollt bin, hat sich Cornibus vor Freude sofort in einen Seehund verwandelt und mich zwanzig Minuten lang auf seiner Nase tanzen lassen. Nun weiß ich übrigens, dass Fußbälle *nicht* kotzen können. Dafür habe ich dann die erste halbe Stunde nach meiner Rückverwandlung vor der Kloschüssel kniend verbracht. Eins steht fest: So schnell werden die Jungs aus Abteilung 27 nicht mehr Metallica hören.

»Luzie nicht schlafen«, nervt Cornibus weiter. »Cornibus Luzie wecken. Gestern gesagt. Tiemvermietung. Wichtig. Tiemvermietung.«

»Es ist zehn vor sieben Uhr morgens, Cornibus«, grummele ich nach einem Blick auf die Uhr. »Selbst, wenn ich wüsste, was eine Tiemvermietung ist, würde ich ganz sicher nicht dafür aufstehen.«

Ich bin mir sicher, niemand würde für eine Tiemvermietung aufstehen. Nicht mal der CEO. Oder mein Vater. Wobei, der schläft sowieso so gut wie nie. Der ist ganz sicher jetzt schon wach und sitzt bei einem dieser Team-Meet…

»Oh, verdammt!«, rufe ich und schnelle mit dem Oberkörper hoch. »Das Team-Meeting!«

»Hat Cornibus gesagt. Tiem-Mieting. Luzie aufstehen.«

»Nein, das hast du nicht gesagt!«, erwidere ich und springe hektisch aus dem Bett. »Du hast Tiemvermietung gesagt! Das ist was ganz anderes! Das gibt's nämlich gar nicht!«

Cornibus verwandelt sich zurück in seine Dämonengestalt.

»Tiem-Mieting. Cornibus doch nicht blöd.«

Daran müssen wir auch noch arbeiten. Er gibt es nie zu, wenn er etwas falsch gesagt oder ausgesprochen hat. Und dann hat es auch keinen Sinn, mit ihm darüber zu diskutieren. Wobei ich dafür sowieso gerade keine Zeit habe.

»Ja, von mir aus«, sage ich deshalb. »Hast du meine Schuhe irgendwo gesehen? Ah, da sind sie ja!«

Ich schlüpfe schnell in meine Schuhe und werfe einen Blick auf die Uhr. Fünf Minuten noch. Das müsste ich schaffen. Mein Vater legt sehr viel Wert auf Pünktlichkeit. Und ich lege sehr viel Wert darauf, nicht wieder als Fußball zurückzukommen.

»Ich muss los, Cornibus!«, sage ich. »Danke fürs Wecken!«

»Cornibus mitkommen?«, fragt er mit erwartungsvoller Miene.

Oje, jetzt geht das wieder los. Er will immer überallhin mitkommen. Manchmal nehme ich ihn ja sehr gerne mit, aber heute kann ich ihn so gar nicht gebrauchen. Ihm wird nämlich schnell langweilig und dann stellt er irgendwelchen Blödsinn an. Und wenn ich gleich bei dem Team-Meeting irgendetwas *nicht* gebrauchen kann, dann ist das ein auf den Tisch kackender Pinguin oder Ähnliches.

»Nein, Cornibus«, sage ich. »Diesmal nicht, tut mir leid.«

»Cornibus auch ganz brav. Macht keinen Unflug.«

»Unfug, Cornibus. Das heißt Unfug. Und du machst *immer* Unfug.«

»Heute nicht. Cornibus ganz brav. Kein Unflug. Guck.«

Er verwandelt sich in einen Dackel und legt den entsprechenden Blick dazu auf.

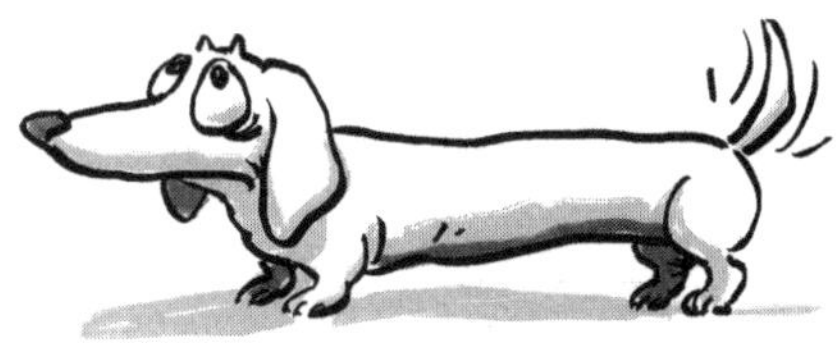

»Das hilft dir leider auch nicht«, sage ich lachend. »Es geht wirklich nicht, Cornibus. Das ist mein erstes Team-Meeting, das ist sehr wichtig. Ich mache später etwas mit dir, okay?«

»Okay«, sagt er seufzend und verwandelt sich wieder zurück. »Cornibus warten bis später. Versprochen?«

»Versprochen«, sage ich. »Aber jetzt muss ich flitzen! Bis nachher!«

Ich schließe die Tür hinter mir und hechte zum nächsten Aufzug. Ein kurzer Blick auf die Uhr, noch drei Minuten, das wird knapp. Unser Konferenzraum ist auf Level 77. Hoffentlich hält das Ding jetzt nicht wieder auf jeder Etage an. Ich habe Glück, es steigt nur auf Level 32 noch jemand ein. Es ist einer unserer Buchhalter-Dämonen. Er glotzt mich die ganze Zeit an und kichert blöde. Sehr seltsam, normalerweise lachen diese Jungs

nie. Na ja, egal, Hauptsache, ich komme pünktlich.

Ich spurte die letzten Meter. Als ich am Konferenzraum ankomme, sehe ich durch die große Glastür, dass schon alle da sind. Nur neben meinem Vater ist noch ein Platz frei, der ist wohl für mich gedacht. Papa schaut grimmig auf die große Wanduhr und trommelt dabei ungeduldig mit den Fingern auf dem Tisch herum. Ich öffne die Tür.

»Ich bin da!«, rufe ich. »Und ich bin pünktlich!«

Alle Köpfe drehen sich zu mir. Sie starren mich mit großen Augen an, dann schauen sie zu meinem Vater, der mich ebenfalls anstarrt. Nach einer Sekunde völliger Stille fangen plötzlich alle an, lauthals zu lachen. Sie kriegen sich kaum noch ein und einige rutschen sogar von ihren Stühlen, weil sie sich nicht mehr halten können vor Lachen. Okay, irgendjemand muss wohl einen richtig guten Witz erzählt haben, kurz bevor ich reingekommen bin.

»Darf ich mitlachen?«, frage ich. »Worum geht's denn?«

Das Gelächter wird noch lauter.

»Er will mitlachen!«, grölt mein Vater. »Steven! Sorg dafür, dass er mitlachen kann!«

Steven steht auf und richtet sein Schrei-Phone auf mich. Dann tippt er kurz auf dem Display herum und im nächsten Augenblick erscheine ich in Lebensgröße auf dem riesigen Monitor rechts an der Wand. Oh, verdammt. Jetzt weiß ich, warum die alle lachen. Ich habe in der Hektik meinen Schlafanzug angelassen. Und es ist ausgerechnet der orangefarbene mit den bunten Schäfchen. Cornibus, dieser kleine Halunke! Er hat doch ganz genau gesehen, dass ich den Schlafanzug noch anhabe, aber gesagt hat er nichts. Na warte, das kriegst du zurück.

»Bist du dir sicher, dass du wirklich hier bist?«, fragt mein Vater lachend. »Vielleicht träumst du ja noch?«

Ganz sicher nicht. Die Röte in meinem Gesicht fühlt sich zu echt an. Das ist jetzt schon oberpeinlich, ausgerechnet bei meinem allerersten Team-Meeting.

»Okay, genug gelacht«, sagt mein Vater kurze Zeit später und alle hören schlagartig auf zu lachen. »Wir sind ja nicht zum Spaß hier. Luzie, setz dich.«

Ich nehme neben meinem Vater Platz und schaue mich erstmal in Ruhe um. Die meisten der Anwesenden kenne ich, zumindest vom Sehen. Links von uns sitzen die Leiter der Abteilungen eins bis zehn, also die wichtigsten. Rechts vorne sitzt Onkel Gabriel, Papas Stellvertreter. Er ist irgendwie zuständig für alles, worauf mein Vater keine Lust hat, Abrechnungen und Geld und so. Neben ihm sitzt Fluxus, unser Mann für die Logistik. Er sorgt zum Beispiel dafür, dass es immer genug zu essen hier unten gibt. Und Klopapier. Und alles Mögliche, was man sonst noch so braucht. Die drei Dämonen mit den seltsamen Frisuren und den schwarzen

Brillen neben ihm habe ich irgendwo schon mal gesehen, aber ich weiß nicht, wofür sie zuständig sind. Weiter hinten sitzen noch zwei Gestalten, die ich nicht kenne. Alle haben ein leichtes Grinsen auf den Gesichtern, wenn sie mich ansehen. Ich verschränke die Arme vor meiner Brust, um wenigstens ein paar der Schäfchen zu verdecken.

»Alle da?«, fragt mein Vater mit Blick auf Steven.

»Ja«, antwortet Steven. »Bis auf Labskaus. Ist aber entschuldigt. Er hat sich gestern beim Fußballspielen den Magen verdorben.«

»Gut, dann können wir ja anfangen«, sagt mein Vater. »Kurz vorab, falls sich jemand wundert, wieso mein Sohn heute hier ist: Sein Bett hat ihn ausgespuckt, weil es diesen Schlafanzug nicht mehr ertragen konnte.«

Ha ha, Superwitz. Und wer lacht am lautesten? Natürlich mein Vater selbst.

»Nein, Spaß beiseite, jetzt mal im Ernst«, fährt er schließlich fort. »Luzie soll die tagtäglichen Abläufe kennenlernen und erfahren, worauf es bei uns ankommt. Am wichtigsten wäre mir, dass ihr ihm das Mitleid austreibt. Er hat leider ein viel zu gutes Herz, und ihr wisst alle, dass so etwas bei uns nur stört. Ich will, dass er genauso fies, boshaft und gemein wird wie ich. Macht einen würdigen Teufel aus ihm. Und wenn er nicht spurt, sagt es mir sofort, dann verwandle ich ihn in irgendwas. Dabei bin ich für kreative Vorschläge natürlich jederzeit offen. Also, wer von euch will ihn zuerst haben?«

Niemand meldet sich. Was ist denn hier los? Können die mich alle nicht leiden, oder wie? Ah, da geht doch ein Finger hoch.

»Gabriel? Sehr gut. Dann fängt er gleich morgen bei dir an«, sagt mein Vater. »Und wenn du Glück hast, zieht er sich vorher auch etwas an, wovon man nicht blind wird.«

»Äh, nein«, sagt Onkel Gabriel. »Ich hätte eigentlich einen besseren Vorschlag. Wie wäre es, wenn wir Luzie nach oben in ein Internat schicken?«

Wie, nach oben? Zu lebendigen Menschen? Was soll ich denn da? Und was ist ein Internat? Das klingt irgendwie gar nicht gut.

»Am meisten lernt er über die Menschen, wenn er unter ihnen lebt«, fährt Onkel Gabriel fort. »Oben kann man sehr gut üben, böse zu sein. Das weißt du doch selbst am besten.«

Papa hat mal oben gelebt? Das wusste ich gar nicht.

»Ja, das war eine lustige Zeit«, sagt Papa. »Und ich wollte ihn sowieso für eine Weile nach oben auf eine Schule schicken, bevor er meinen Posten hier unten übernimmt. Allerdings erst, wenn er etwas älter ist.«

Wie bitte, was? Ein Internat ist eine Schule? Bitte nicht! Ich weiß, was das ist! Damit werden die Reality-TV-Darsteller in Abteilung 63 jeden Tag gefoltert! Ich wollte mir das einmal angucken, habe es aber keine zwei Minuten ausgehalten. Da sitzen viele Leute an kleinen Tischen in einem Raum, den sie nicht verlassen dürfen. Und vorne steht ein Folterknecht und zwingt sie zum Lernen. Aber das sind keine coolen Sachen, die man da lernen muss, das ist alles total unnützes Zeug, das man

nie wieder braucht. Rechnen und Schreiben und Erdkunde und jede Menge andere komische Sachen – der absolute Folter-Albtraum. Ich will da nicht hin!

»Äh … Luzie soll deinen Posten übernehmen?«, fragt Onkel Gabriel sichtlich überrascht.

»Klar, wer denn sonst?«, sagt Papa. »Du etwa? Du hast nicht das Zeug zum Teufel, du bist nichts weiter als ein dämonischer Buchhalter. Wie würde denn dein Bestrafungsplan aussehen? Liest du den Leuten Statistiken vor, bis sie vor Langeweile einschlafen?«

Großes Gelächter reihum. Nur Onkel Gabriel guckt sehr angefressen.

»Aber das mit dem Internat ist tatsächlich keine

schlechte Idee«, sagt Papa. »Und eigentlich ist Luzie auch jetzt schon alt genug dafür. Das machen wir. Du kümmerst dich um alles, Gabriel?«

Onkel Gabriel nickt.

»Und ich werde gar nicht gefragt, oder wie?«, sage ich.

»Nein, wieso?«, erwidert mein Vater.

»Vielleicht habe ich ja gar keine Lust, auf so eine komische Schule zu gehen?«, sage ich. »Vielleicht möchte ich ja viel lieber hier unten bleiben?«

»Ach ja? Und nicht nur vielleicht bin ich dein Vater und du hast gefälligst das zu tun, was ich dir sage.«

»Aber …«

»Nichts aber, Ende der Diskussion. Du gehst auf ein Menschen-Internat. Und zwar am besten gleich morgen. Und mach mir bloß keine Schande. Ich will nur Böses von dir hören. Haben wir uns verstanden?«

»Ja«, sage ich brummelnd, weil ich weiß, dass es nichts bringt, mich weiter dagegen zu wehren – Papas Hörner sind wieder ein ganzes Stück länger geworden.

»Sehr gut, das wäre also geregelt«, sagt mein Vater. »Dann lasst uns mal loslegen. Was steht denn für heute an? Da war noch irgendwas vom letzten Meeting offen, oder? Steven?«

»Äh, ja, Moment«, sagt Steven und scrollt auf seinem Helltop herum. »Hab's gleich. Ah ja, hier: Die Kreativ-

Abteilung sollte sich bis heute besonders boshafte Bestrafungsmethoden für die Alleinunterhalter ausdenken.«

»Stimmt, die Alleinunterhalter«, knurrt mein Vater. »Es reicht einfach nicht, dass sie pausenlos alte Songs schlecht nachspielen und sich gegenseitig zuhören müssen. Das finden die ja sogar noch gut. Als ich da neulich vorbeigelaufen bin, haben sie alle zusammen fröhlich *Knockin' On Heaven's Door* gesungen. Keine zwei Minuten später hat mich der CEO angerufen, der hatte es auch gehört und war natürlich alles andere als begeistert. Also, ich höre?«

Die Dämonen mit den Brillen stecken kurz die Köpfe zusammen, dann steht der mittlere auf und räuspert sich.

»Ja, also, das war gar nicht so leicht«, beginnt er.

»Interessiert mich nicht«, knurrt mein Vater. »Wenn ihr einen leichten Job wollt, kann ich euch gern in nicht entzündbare Streichhölzer verwandeln und in der Pyromanen-Abteilung fallen lassen. Dann müsst ihr gar nichts machen und eure Köpfe qualmen trotzdem.«

»Fäustlinge!«, sagt der

linke Brillen-Dämon schnell. »Wir lassen sie mit dicken Handschuhen Klavier spielen! Das ist sehr frustrierend!«

»Nein«, sagt mein Vater. »Die spielen doch immer so, als hätten sie Handschuhe an, das bringt nichts.«

»Wir lassen sie unter Wasser spielen!«, schlägt der rechte Brillen-Dämon vor. »Dann hört sie niemand!«

»Hm«, sagt mein Vater nachdenklich. »Aber stört sie das wirklich? Geht es ihnen nicht darum, all diese Lieder nachzuspielen und sich dabei zu fühlen wie ein Star? Das können sie auch ohne Publikum unter Wasser. Nein, das ist mir zu vage.«

»Eine Hochzeit!«, sagt der mittlere Brillen-Dämon. »Wir veranstalten eine ewig andauernde Hochzeit, bei der sie nicht spielen dürfen! Sie müssen die ganze Zeit neben der Tanzfläche sitzen und zusehen, wie ein DJ Platten auflegt!«

»Genau!«, fügt der linke Brillen-Dämon hinzu. »Und die Gäste kommen trotzdem zu ihnen und wünschen sich ständig Lieder, die sie dann aber nicht spielen dürfen!«

»Ja«, stimmt der rechte Brillen-Dämon begeistert mit ein. »Und dann setzen wir ihnen noch einen albernen Hut auf!«

Es wird sehr still. Alle sehen ihn mit skeptischer Miene an.

»Einen albernen Hut?«, fragt mein Vater. »Was soll das denn bringen?«

»Öh … na ja … Ich … Ich dachte ja nur«, stammelt der Dämon. »Alberne Hüte sind als Bestrafung immer gut, oder?«

»Stimmt«, sagt mein Vater und schnippt mit dem Finger.

Eine gelbe Rauchwolke erscheint und im nächsten Augenblick ist aus dem Dämon ein alberner Hut geworden.

»Grundsätzlich finde ich die Idee mit der Hochzeit aber nicht schlecht«, fährt mein Vater fort, als wäre nichts gewesen. »Da steckt sehr viel Frustpotenzial drin. Man müsste vielleicht noch …«

»Vergiss es«, unterbricht ihn Onkel Gabriel. »Weißt du überhaupt, was es kostet, eine ewig andauernde Hochzeit auf die Beine zu stellen? Das Personal, die Kostüme, das Catering – das können wir uns leider nicht leisten.«

»Ich fürchte, er hat recht«, sagt Fluxus. »Ich könnte zwar alles besorgen, aber mein Budget ist jetzt schon am Anschlag.«

»Immer diese verflixten Kosten«, knurrt mein Vater und seine Hörner wachsen ein ganzes Stück. »Wie soll ich denn eine ordentliche Hölle führen, wenn mir die Mittel fehlen? Da helfen die schönsten Ideen nichts.

Was machen wir denn jetzt mit den Alleinunterhaltern?«

»Ich hätte da einen Vorschlag«, sage ich.

Vielleicht erspart mir ja eine gute Idee doch noch dieses komische Internat.

»Du?«, fragt mein Vater mit grimmiger Miene. »Was willst du machen? Ihnen deinen Schlafanzug leihen?«

Ich ignoriere diesen lahmen Witz und beuge mich nach vorne.

»Stromschläge«, sage ich. »Wir lassen sie einen sehr schwierigen Song spielen. Zum Beispiel *Bohemian Rhapsody* von *Queen*. Das kriegt niemand richtig hin, schon gar nicht den Gesang. Und jedes Mal, wenn sie sich verspielen oder falsch singen, schicken wir einen

Stromschlag auf die Tasten. 1000 Volt oder so. Jede Wette, es wird Stunden dauern, bis sie das Lied fertig gespielt haben. Und dann müssen sie gleich wieder von vorne anfangen.«

Mein Vater kratzt sich nachdenklich am Kinn.

»Ich muss zugeben, das ist nicht schlecht«, sagt er nach einer gefühlten Ewigkeit.

»Das ist sogar ziemlich gut«, sagt Onkel Gabriel. »Und es kostet praktisch nichts.«

Auf sein Lob kann ich gut verzichten. Schließlich habe ich ihm dieses blöde Internat zu verdanken. Wobei er natürlich recht hat, meine Idee ist echt gut. Ich weiß nicht, wie ich darauf gekommen bin, auf einmal war sie da. Vielleicht habe ich ja doch Talent zum Bösesein und darf hierbleiben?

»Von mir aus«, brummt mein Vater. »Dann machen wir das. Nicht schlecht für den Anfang, Junior. Wobei ich mich frage, wofür ich eigentlich eine Kreativ-Abteilung beschäftige, wenn schon mein elfjähriger Sohn bessere Ideen hat.«

»Das ist nicht …«, sagt einer der Brillen-Dämonen, aber weiter kommt er nicht – im nächsten Augenblick

zischen zwei gelbe Rauchwolken auf und die Hölle hat zwei alberne Hüte mehr.

»Also, weiter, nächster Punkt auf der Tagesordnung«, sagt mein Vater. »Steven?«

»Als nächstes wäre der Quartalsbericht der Finanzabteilung dran«, sagt Steven.

»Was, echt?«, knurrt mein Vater. »Ist es schon wieder so weit? Kommt mir vor, als wäre das erst letzte Woche gewesen. Wahrscheinlich, weil es gefühlt so lang gedauert hat.«

»Keine Sorge«, sagt Onkel Gabriel. »Diesmal geht es schneller. Steven hat mir dabei geholfen, eine digitale Präsentation mit Diagrammen vorzubereiten.«

»Na, das klingt ja sehr spannend«, stöhnt mein Vater und lässt seinen Kopf auf den Tisch knallen. »Hast du auch digitale Kissen dabei? Die Unterlage hier ist definitiv zu hart zum Schlafen.«

»Wir fangen mit der Grundkostenaufstellung für den Bereich Haushalt an«, fährt Onkel Gabriel unbeeindruckt fort. »Steven, bitte das erste Diagramm.«

Auf dem Monitor erscheint ein Diagramm mit etlichen unterschiedlich farbigen Balken, die mit Zahlen versehen sind. Onkel Gabriel fängt an, die Zahlen vorzulesen und bei jeder einzelnen ausführlich zu erklären, was sie bedeutet. Mein Vater schnarcht. So viel zu meiner Hoffnung, dass er sich das mit dem Internat noch anders überlegt. Mist, verdammter. Ich will nicht auf diese bescheuerte Schule zu den lebendigen Menschen. Die sind bestimmt alle total blöd. Das Leben ist so ungerecht. Vor allem meins. Höllisch ungerecht. Seufz.

Mach's gut, Hölle

»Cornibus mitkommen?«

»Ich hab's dir doch schon erklärt«, sage ich seufzend. »Ich darf dich nicht mitnehmen. Ich darf so gut wie gar nichts mitnehmen. Nicht mal mein Schrei-Phone.« Absolute Kontaktsperre, hat Onkel Gabriel gesagt. Ich werde ganz auf mich allein gestellt sein da oben.

»Cornibus mitkommen!«

»Sei froh, dass du hierbleiben darfst. Da oben ist es bestimmt stinklangweilig. Und ich hätte sowieso keine Zeit für dich, weil ich in diese blöde Schule muss.«

Ich habe mich letzte Nacht ein bisschen schlaugemacht. Dieses Prinzip Schule ist echt das Letzte. Da muss man offenbar den kompletten Vormittag verbringen und lauter blödes Zeug lernen. Und nachmittags muss man dann noch irgendwelche Aufgaben im Haus erledigen. Und je nachdem, ob man das alles gut oder schlecht macht, kriegt man eine Zahl von eins

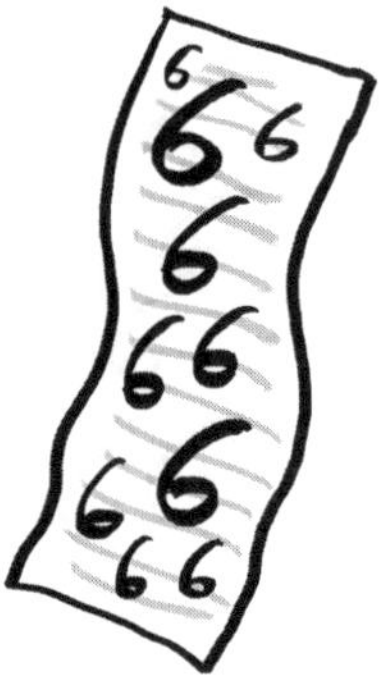

bis sechs dafür. Ich werde versuchen, so viele Sechser wie möglich zu kriegen. 666 ist die Lieblingszahl meines Vaters – vielleicht darf ich ja früher zurück, wenn ich ihm ganz viele Sechser mitbringe.

»Cornibus mitkommen! Schule böse! Auf Luzie aufpassen! Und Quatsch machen!«

»Das ist lieb«, sage ich und muss lachen. »Aber ich darf da oben keinen Quatsch machen. Ich muss ganz brav böse sein.«

»Cornibus böse! Kann Luzie helfen!«

»Ja, ich weiß«, sage ich erneut seufzend. »Ich könnte einen Verbündeten sehr gut gebrauchen. Aber es geht nicht. Papa hat es verboten. Du musst leider hierbleiben. Onkel Gabriel wird sich um dich kümmern.«

»Nein! Würg! Kotz! Will nicht zu Onkel Gabelmehl! Nicht lieb zu Cornibus! Immer ärgern! Cornibus bei Luzie bleiben!«

»Tut mir leid, es geht nicht anders«, sage ich. »Ich weiß, Onkel Gabriel ist ein bisschen seltsam, aber er hat mir versprochen, gut auf dich aufzupassen. Wenn er dich zu sehr ärgert, ärgere ihn zurück, das kannst du doch gut.«

»Gabelmehl ärgern kein Spaß. Macht Knoten in Schwanz von Cornibus. Gabelmehl böse. Aber nicht gut böse. Böse böse.«

»Ach was, du übertreibst mal wieder. Onkel Gabriel ist …«

In diesem Moment geht die Tür auf und Onkel Gabriel betritt mein Zimmer.

»Was bin ich?«, fragt er.

Cornibus faucht ihn kurz an und verschwindet unter meinem Bett.

»Äh … der Beste«, sage ich. »Du bist der Beste, Onkel Gabriel. Zumindest, wenn du mich nicht gerade abholen und brutal aus meinem Zuhause reißen willst.«

»Ich weiß, du bist sauer auf mich«, sagt Onkel Gabriel. »Aber glaub mir, das wird eine unvergessliche Erfahrung für dich werden, wenn du dich erst mal an die seltsamen Gepflogenheiten da oben gewöhnt hast. Apropos seltsam: Hier, das soll ich dir von Fluxus geben.« Er streckt mir eine Plastiktüte entgegen. Ich kippe den Inhalt auf meinem Bett aus und betrachte ihn skeptisch.

»Was ist das denn?«, frage ich.

»Das sind Unterhosen«, sagt Onkel Gabriel.

»Unterhosen?«, frage ich verwundert. »Hab ich noch nie gehört. Was macht man denn damit?«

»Die zieht man an. Unter der normalen Hose. Jeden Tag eine andere.«

»Eine Hose für unter die Hose?«, wundere ich mich. »Wozu das denn? Das ist doch total ungemütlich.«

»Frag mich nicht, die machen komische Sachen da oben. Jedenfalls musst du ab jetzt auch Unterhosen tragen, sonst fällst du auf.«

»Muss das sein? Es sieht doch niemand, ob ich unter der Hose etwas anhabe«, erwidere ich.

»Doch«, sagt Onkel Gabriel. »Im Internat gibt es nur Gemeinschaftsbadezimmer. Da laufen morgens immer alle in Unterhosen herum. Das solltest du dann auch machen. Und duschen.«

»Was? Duschen? Im Ernst?«, frage ich entsetzt.

»Ja, und zwar freiwillig. Und täglich.«

Wie bitte, was? Täglich duschen? Die ticken ja wohl nicht mehr ganz richtig da oben. Duschen ist bei uns die Strafe in Abteilung 37. Da sitzen die Übertriebene-Sauberkeit-Fanatiker. Die kriegen bei ihrer Ankunft ganz viele Schmutzflecken tätowiert, auf den Rücken, wo man selbst mit den Händen nicht hinkommt. Dann bekommen sie eine Drahtbürste und endlos haltende Seife aus Matsch und werden unter eine Dusche gestellt. Das sieht irgendwie lustig aus, deswegen habe ich das mit dem Duschen auch mal probiert. Aber nur ein einziges Mal, das ist nämlich echt eklig, da kommt lauter Wasser von oben und man wird schrecklich sauber, wenn man nicht aufpasst. Unfassbar, dass die das da oben freiwillig machen.

»Oh Mann«, stöhne ich. »Ich will da nicht hin.«

»Das kann ich verstehen«, sagt Onkel Gabriel. »Du wirst dich über sehr vieles wundern, die Menschen sind unberechenbar, wenn sie noch leben. Aber du schaffst das schon. Das Wichtigste dabei ist allerdings, dass niemand herausfindet, wer du bist. Du darfst auf keinen Fall als Bewohner der Hölle erkannt werden. Deswegen musst du Unterhosen tragen und duschen. Und einen neuen Namen kriegst du natürlich auch. Fluxus hat dir sogar einen Personalausweis besorgt.« Er drückt mir eine kleine Karte aus Plastik in die Hand, auf der ein Foto von mir zu sehen ist.

»Vitus von Turbsnatas?«, frage ich verwundert, als ich meinen neuen Namen lese. »Das klingt ja total bescheuert.«

»Ich würde eher sagen, es klingt ein wenig exzentrisch«, sagt Onkel Gabriel. »Du bist ab jetzt offiziell der Nachfahre einer alten ungarischen Adelslinie. Das erklärt auch gleich, weshalb du dich manchmal etwas ungewöhnlich verhältst. Und das wirst du mit Sicherheit, weil dir vieles sehr fremd sein wird.«

»Na super«, sage ich seufzend. »Ich heiße also Vitus und verhalte mich seltsam. Die werden mich alle hassen da oben.«

»Du bist nicht dort, um Freundschaften zu schließen«, sagt Onkel Gabriel. »Beobachte und lerne, das genügt vollkommen. Du darfst dich nicht zu sehr an die Lebenden gewöhnen. Am besten betrachtest du sie als Studienobjekte. Entwickle bloß keine Gefühle für sie, das bringt nur Komplikationen.«

»Okay, keine Gefühle«, sage ich. »Sonst noch was?«

»Ja«, sagt Onkel Gabriel und senkt seine Stimme. »Aber das weißt du nicht von mir, verstanden?«

Ich nicke.

»Es gibt etwas da oben, das musst du unbedingt probieren«, fährt er flüsternd fort. »Es ist hier bei uns streng verboten und darf nicht einmal laut ausgesprochen werden. Der Vorgänger von Fluxus hat einmal versucht, etwas davon hier reinzuschmuggeln. Jetzt sitzt er irgendwo am tiefsten Punkt des Meeresbodens und zählt für den Rest seiner Tage Plankton.«

»Was ist es?«, frage ich gespannt.

Onkel Gabriel rückt näher an mich heran und beugt sich an mein Ohr.

»Es heißt Schokolade«, wispert er.

Schokolade? Nie gehört. Klingt aber irgendwie lustig.

»Aha«, sage ich. »Und was macht man damit?«

»Das ist etwas zum Essen«, sagt Onkel Gabriel. »Schokolade ist süß und schmeckt unglaublich fantastisch. Es gibt verschiedene Sorten. Meine Lieblingssorte ist Nugat.«

»Okay, werde ich probieren«, sage ich. »Und wo kriege ich das Zeug?«

»Du kannst es überall kaufen«, antwortet Onkel Gabriel und zieht etwas aus seiner Innentasche. »Hier, das ist für dich.«

Er drückt mir einen Stapel Geldscheine in die Hand.

»Das sind zwölftausend«, sagt er. »Damit kannst du

machen, was du willst. Das sollte erst mal reichen. Die Gebühren für das Internat sind bereits bezahlt.«

Zwölftausend? Ist das viel? Keine Ahnung, wofür genau man da oben Geld benötigt. Eigentlich brauche ich ja auch nichts. Außer diesem Schokoladezeug, das reizt mich schon. Ob zwölftausend dafür reichen? Ach, ich kaufe einfach so viel Schokolade, wie ich für zwölftausend kriegen kann.

»Danke«, sage ich und stopfe das Geld und die komischen Unterhosen in meine Tasche.

»Gut«, sagt Onkel Gabriel. »Nun zum Allerwichtigsten, etwas, das du nie vergessen darfst. Du bist oben nicht unsterblich. Du bist sogar sehr leicht verwundbar. Das kann eine sehr unangenehme Erfahrung sein. Und gefährlich ist es auch. Deine Körperteile wachsen nicht einfach nach, solltest du eins verlieren. Du musst also zu jeder Zeit besonders vorsichtig sein und auf dich achten. Das gilt natürlich umgekehrt genauso. Es ist schwer vorherzusagen, über welche dämonischen Kräfte du oben verfügen wirst, das weiß man nie genau. Ich kann dort zum Beispiel fliegen, hier unten nicht. Ich habe hier ein kleines Handbuch, dort stehen alle möglichen Kräfte und ihre Anwendungsmöglichkeiten drin. Steck es am besten in deine Hosentasche und trage es immer bei dir. Manche Kräfte treten spontan auf und können am Anfang sehr verwirrend sein. Hier steht alles Wissenswerte über diese Kräfte drin.« Onkel Gabriel reicht mir ein kleines, sehr alt aussehendes Büchlein, ich stecke es ein.

Ich werde dämonische Kräfte haben? Das hört sich allerdings spannend an. Fliegen wäre klasse, das wollte ich schon immer können.

»Aber egal, welche Kräfte du besitzen wirst, du darfst sie nur im äußersten Notfall anwenden«, fährt Onkel Gabriel fort. »Wenn durch deine Schuld ein Mensch stirbt, was sehr schnell aus Versehen passieren kann, kennt der CEO keine Gnade. So etwas nimmt er immer sehr persönlich.«

Vielleicht kann ich mich ja oben unsichtbar machen, das wäre auch super. Oder Blitze aus den Augen schießen. Oder …

»Hast du das verstanden, Luzifer?«, hakt Onkel Gabriel nach und sieht mich eindringlich an. »Das ist sehr, sehr wichtig.«

»Ja«, sage ich. »Nicht aus Versehen Menschen umbringen. Ich werde versuchen, daran zu denken.«

»Nicht *versuchen*«, sagt er mit Nachdruck. »Du *musst* daran denken. Und zwar jederzeit. Ist das klar?«

»Ja«, sage ich und nicke. »Ist klar.«

»Versprich es mir.«

»Versprochen. Großes Höllen-Ehrenwort.«

»Gut. Dann können wir jetzt aufbrechen. Hast du alles?«

»Ich glaube schon«, sage ich. »Ich will mich nur noch von Cornibus verabschieden. Cornibus?«

Keine Antwort. Das war ja klar. Er ist beleidigt. »Cornibus!«, rufe ich. »Willst du mir nicht Tschüs sagen? Wir sehen uns ganz lange nicht.« Ich lege mich auf den Boden und sehe unter dem Bett nach – Fehlanzeige. Im Schrank ist er auch nicht. Manchmal versteckt er sich in der Toilettenschüssel. Ich sehe nach, aber da ist auch keine Spur von ihm.

»Ich finde ihn nicht«, sage ich enttäuscht seufzend. »Er ist sauer, weil er nicht mitkommen darf.«

»Er wird sich schon wieder beruhigen«, sagt Onkel Gabriel. »Ich gucke sofort nach ihm, wenn ich zurück bin.«

»Gib ihm eine Tüte Popcorn von mir. Das mag er so gern.«

»Mach ich.«

Ich schnappe mir meine Tasche und wir verlassen das Zimmer. Kurz bevor wir draußen sind, werfe ich noch einen letzten Blick zurück – kein Cornibus zu sehen.

»Tschüs, Cornibus«, sage ich noch traurig, dann schließe ich die Tür.

Ich laufe Onkel Gabriel hinterher in Richtung Aufzug. »Wie kommen wir überhaupt dahin?«, frage ich.

»Über den Styx natürlich«, antwortet er.

»Und dann? Wie geht es weiter? Du hast gesagt, du kannst oben fliegen. Fliegen wir dahin? Oder laufen wir? Ist es weit?«

»Das wirst du dann schon sehen«, sagt Onkel Gabriel und zwinkert mir grinsend zu.

Zehn Minuten später stehen wir am Ufer des Styx. Das ist der Fluss, über den bei uns die Neuen ankommen. Der Fährmann ist ein seltsamer Kauz, hat immer etwas zu meckern. Und er wartet auf niemanden, nicht einmal auf uns. Er hat uns genau kommen gesehen, aber trotzdem abgelegt.

»Mist«, sage ich. »Jetzt müssen wir ewig warten.«

»Müssen wir nicht«, sagt Onkel Gabriel.

Er schnippt mit dem Finger und ein Motorboot taucht langsam aus dem Wasser an die Oberfläche.

»Darauf haben nur dein Vater, Fluxus und ich Zugriff«, sagt Onkel Gabriel. »Es war ursprünglich für Notfälle gedacht, falls wir schnell nach oben müssen. Aber wir nehmen es eigentlich immer. Steig ein.«

Ich klettere vorsichtig in das schwankende Boot. »Darf ich lenken?« Ich zeige auf das Steuerrad.

»Klar«, antwortet Onkel Gabriel und wirft den Motor an. »Aber nicht zu wild.«

Wir düsen los. Das Boot hebt vorne leicht ab. Oh, das macht Spaß! Ich ziehe ein paar Schlenker kreuz und quer über den Fluss. Das Schwefelwasser spritzt in hohen Fontänen links und rechts von uns in die Höhe. Ich fahre einmal scharf im Kreis, als plötzlich das Fährboot vor mir auftaucht.

»Luzie! Pass auf!«, ruft Onkel Gabriel panisch.

Ich reiße das Steuerrad herum und zische ganz knapp an dem Fährboot vorbei. Es gerät kräftig ins Schlingern, der Fährmann schwankt und fällt schließlich laut fluchend ins schwefelgelbe Wasser. Onkel Gabriel stoppt unser Boot. »Alles in Ordnung?«, ruft er dem Fährmann zu. »Tut uns leid! Das war keine Absicht!«

»Ihr spinnt wohl!«, schreit der Fährmann zurück. »So kann ich nicht arbeiten! Ich will auch ein Motorboot! Das ist viel cooler als diese klapprige Holzkiste!«

»Das kriege ich leider nicht genehmigt«, ruft Onkel Gabriel. »Der CEO liebt diese alte Holzkiste.«

»Der kann mich mal, der CEO!«, brüllt der Fährmann. »Meinen Urlaub hat er auch schon nicht genehmigt! Sag ihm, wenn ich nicht wenigstens alle tausend Jahre einen Tag frei kriege, streike ich! Dann kann er seine Sünder von mir aus huckepack selbst in die Hölle schleppen!«

»Ich werde es ihm ausrichten«, sagt Onkel Gabriel lachend. »Brauchst du Hilfe?«

»Nein«, antwortet der Fährmann. »Ist ja nicht das erste Mal, dass ich aus diesem löchrigen Klapperkasten falle. Fahrt ruhig weiter.«

»Alles klar, machen wir!«, ruft Onkel Gabriel und wendet sich an mich. »Rutsch rüber, du hast genug gelenkt. Sonst kommen wir nie drüben an.« Ich rutsche, Onkel Gabriel setzt sich hinter das Steuerrad und wirft den Motor wieder an.

»Komischer Typ, dieser Fährmann, oder?«, sage ich während wir wieder losfahren. »Wie heißt er eigentlich?«

»Fährmann«, sagt Onkel Gabriel. »Fährmann Kaschunke. Er macht das schon ewig und drei Tage. Ich glaube, seine Füße haben vor fünftausend Jahren zum letzten Mal festen Boden berührt. Da wird man wahrscheinlich automatisch ein bisschen schrullig. Aber ich wäre froh, wenn alle unsere Angestellten so zuverlässig wären wie er. Er hat in der gesamten Zeit noch nie einen Passagier vergessen oder unterwegs verloren. Und er ist der Einzige, der diesen Schrottkahn steuern kann. Mit solchen Leuten musst du dich immer gut stellen. Sie wirken auf den ersten Blick nicht besonders wichtig, sind aber manchmal die Einzigen, die dir in schwierigen Situationen helfen können.«

»Das ist dann in diesem Fall wohl zu spät«, sage ich. »Ich habe ihn gerade über den Haufen gefahren.«

»Keine Sorge, das nimmt er dir nicht übel. Er ist froh über jede Abwechslung auf diesem stinkenden Fluss – du hast ihm quasi einen Gefallen getan.«

Dann ist's ja gut. Nicht, dass ich mal zurückkomme und er mich nicht mitnimmt. Ich weiß ja nicht, ob Onkel Gabriel oder irgendwer sonst mich dann abholt. Ich wünschte, es wäre schon soweit, und wir würden in die andere Richtung fahren. Ich werfe einen wehmütigen Blick zurück. Das andere Ufer ist kaum noch zu sehen. Mach's gut, Hölle. Ich werde dich vermissen.

Kurze Zeit später erreichen wir die andere Seite – und

stehen vor einer riesigen Felswand. Nirgends ist ein Eingang oder auch nur die kleinste Lücke im Gestein zu entdecken.

»Das verstehe ich nicht«, sage ich. »Wie kommen denn die Leute hierher?«

»Geh ein Stück zur Seite«, sagt Onkel Gabriel und zieht mich an sich heran.

»Aber was …«

Ein lauter werdender Schrei unterbricht mich.

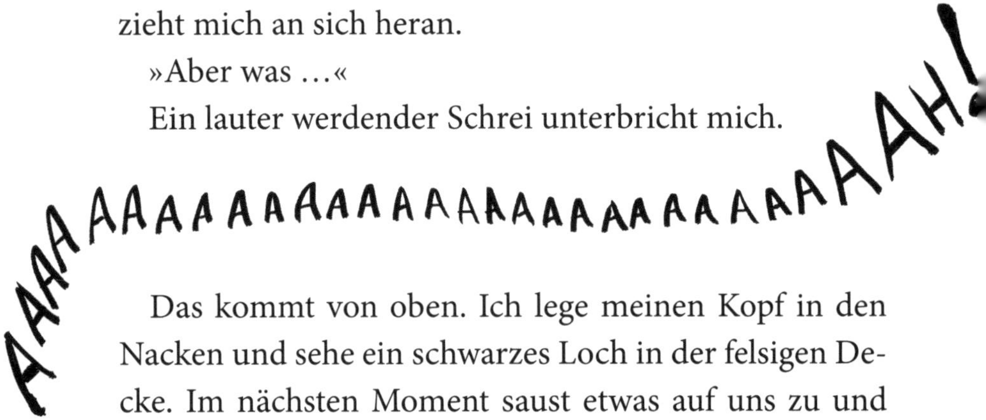

Das kommt von oben. Ich lege meinen Kopf in den Nacken und sehe ein schwarzes Loch in der felsigen Decke. Im nächsten Moment saust etwas auf uns zu und plumpst direkt neben mir auf den Boden. Es ist ein Mann und er hat ein Gerät um den Hals hängen, das an einen Staubsauger erinnert. Der Mann steht auf, sieht sich skeptisch um und kratzt sich am Kopf.

»Wo bin ich denn hier gelandet?«, fragt er mehr sich selbst als uns.

»Willkommen im Vorhof zur Hölle«, sagt Onkel Gabriel. »Es wird sich gleich jemand um Sie kümmern und Sie an Ihren Zielort verbringen. Abteilung 81, nehme ich an.«

Der Mann sieht ihn fragend an.

»Laubbläser-Benutzer?«, fragt Onkel Gabriel.

»Ja«, sagt der Mann und tätschelt liebevoll das Gerät vor seinem Bauch. »Die sind sehr praktisch.«

»Und höllisch laut«, ergänzt Onkel Gabriel. »Aber das werden Sie bald selbst feststellen, wenn wir das Motorengeräusch direkt auf ihr Innenohr leiten und Sie unseren ewig währenden Herbstwald von Laub befreien müssen.«

»Was?«, erwidert der Mann panisch. »Aber … Aber das ist unmenschlich! Ich habe doch gar nichts gemacht!«

»Das sagen sie alle«, sagt Onkel Gabriel seufzend.

»Und eigentlich bin ich hier überhaupt nicht zuständig. Wie gesagt, es holt Sie gleich jemand ab. Ich wünsche Ihnen einen möglichst unangenehmen Aufenthalt in der Hölle.«

Er zieht mich ein paar Schritte von dem Mann weg.

»Bist du bereit?«, fragt er mich.

»Bleibt mir etwas anderes übrig?«, frage ich zurück.

Onkel Gabriel schüttelt den Kopf.

»Dann bin ich wohl bereit«, sage ich. »Und wie kommen wir jetzt hier raus? Fliegen wir durch das Loch?«

»Nein, ich kann doch nur oben fliegen«, sagt Onkel Gabriel. »Wir sind noch zu weit weg. Stell dich auf meine Füße. Und drück dich, so fest du kannst, an mich. Dein gesamter Körper muss in Verbindung zu meinem stehen.«

»Okay«, sage ich skeptisch und steige auf seine Füße. Ich schlinge meine Arme um seinen Rücken. Das ist mir irgendwie unangenehm. Onkel Gabriel und ich waren uns noch nie so nah. Und er riecht sehr streng.

»Fester«, sagt er. »Drück dich richtig fest an mich. Und mach die Augen zu. Dort oben ist es sehr hell.«

»Okay«, sage ich und kneife die Augen fest zusammen. »Und wie funktioniert das jetzt? Muss ich irgendwas machen?«

»Nein«, sagt Onkel Gabriel. »Nur ganz fest drücken. Wir teleportieren nach oben. Das ist für mich sehr anstrengend und ich muss mich stark konzentrieren, damit wir auch genau dort landen, wo wir hinmüssen.«

Teleportieren? Noch nie gehört. Klingt aber cool.

»Kann sein, dass dir ein bisschen schlecht wird«, sagt Onkel Gabriel. »Falls du dich übergeben musst, warte aber bitte, bis wir angekommen sind.«

Okay, klingt doch nicht ganz so cool. Gekotzt habe ich vorgestern eigentlich schon genug.

»Kann's losgehen?«, fragt Onkel Gabriel.

»Ja«, sage ich und klammere mich, so fest es geht, an ihn. Mein Körper fängt an zu vibrieren, ein brummender Ton macht sich in meinem Kopf breit. Ein sanftes Bitzeln breitet sich auf meiner Haut aus. Oh ja, jetzt spüre ich es auch im Magen. Das fühlt sich an, als würde jemand an meinen Innereien zerren. Nicht kotzen. Bloß nicht kotzen. Das Brummen wird leiser und trotz der geschlossenen Augen merke ich, dass es deutlich heller geworden ist. Ein warmer Luftzug streift durch meine Haare. Das Brummen hat aufgehört. Mein Würgereiz zum Glück auch.

»Mist«, höre ich Onkel Gabriel sagen. »Zwei Meter zu hoch. Festhalten, Luzie!«

Ich spüre, wie wir rasant abwärtsstürzen. Im nächsten Augenblick landen wir aber auch schon wieder – Onkel Gabriel hart auf dem Rücken und ich weich auf ihm.

»Au, verdammt!«, höre ich Onkel Gabriel fluchen.

»Alles okay bei dir?«, frage ich.

»Ja, geht schon«, antwortet er stöhnend. »Ich frage mich nur immer wieder, wie die hier oben ihre Sterblichkeit und die damit verbundenen körperlichen Schmerzen aushalten. Bei dir alles in Ordnung?«

»Ja.«

Er rollt mich von sich herunter, ich purzle mit dem Gesicht nach unten auf einen weichen Untergrund. Irgendetwas kitzelt an meiner Nase. Ich öffne vorsichtig blinzelnd die Augen. Alles, was ich sehe, ist grün. Unzählige grüne Halme. Das muss Gras sein, davon habe ich schon gehört. Ich hebe meinen Kopf und schaue nach oben. Da ist alles blau. Und sehr, sehr hell. Ich halte schützend eine Hand vor meine Augen.

»Daran gewöhnst du dich schnell«, sagt Onkel Gabriel und

steht auf. Er reicht mir eine Hand und zieht mich auf die Beine. So langsam ist die Helligkeit auszuhalten. Ich sehe mich um. Wir stehen auf einem Hügel, um uns herum ist alles grün, vereinzelt stehen große Bäume herum. Ich atme tief ein. Wie seltsam das hier oben riecht. Nicht seltsam schlecht, eher gut, anders als bei uns, nicht so beißend nach Schwefel, sondern frisch, das gefällt mir.

»Da unten ist es«, sagt Onkel Gabriel und zeigt geradeaus den Hügel hinunter auf eine kleine Ansammlung von Häusern, die von einer Mauer umgeben sind.

Das größte Haus bildet ein U und sieht alt aus, es hat sogar zwei kleine Türme vorne links und rechts. Dahinter befindet sich ein großes, rechteckiges Gebäude, das neu zu sein scheint. Außerdem stehen noch drei kleinere Häuser und ein längliches aus Glas auf dem Gelände. Okay, bis jetzt sieht das alles ganz nett aus.

»Sollen wir losgehen?«, fragt Onkel Gabriel. »Ich dachte, ein kleiner Spaziergang vorher wäre gut, damit du dich an die Atmosphäre hier oben gewöhnen kannst.«

»Von mir aus«, sage ich und wir laufen los.

Es läuft sich sehr angenehm auf dem Gras, stelle ich fest. Der Boden federt leicht unter mir, ein schönes Gefühl. Bei uns unten gibt es nur diesen total harten Steinboden, das ist ein Riesenunterschied, hätte ich nicht gedacht.

Als wir an einem Baum vorbeikommen, reißt Onkel Gabriel etwas von einem Ast herunter und streckt es mir entgegen. Es hat irgendwie Ähnlichkeit mit einem dieser Äpfel, die Fluxus manchmal von oben mitbringt.

Dieser hier glänzt allerdings rötlich, ist nicht verschrumpelt und von Schimmel überzogen und Würmer sind auch keine drin.

»Ist das ein Apfel?«, frage ich vorsichtshalber.

»Ja«, sagt Onkel Gabriel. »So sehen Äpfel aus, wenn sie frisch sind. Beiß ruhig kräftig rein.«

Ich rieche kurz daran und nehme dann einen Bissen.

Oh. Oh! In meinem Mund finden geschätzte hundert Geschmacksexplosionen auf einmal statt. Dieser Apfel ist total saftig. Und süß. Und das Leckerste, was ich jemals im Mund hatte.

»Sensationell!«, sage ich und nehme gleich noch einen Bissen. »Wieso gibt's so was bei uns unten nicht?«

»Weil bei uns alles schlagartig schlecht wird, sobald es ankommt«, sagt Onkel Gabriel. »Die Hölle ist kein guter Platz für frische Sachen. Um das Essen hier oben beneide ich dich sehr, genieße es.«

»Das mach ich ganz sicher«, sage ich und schnappe mir noch einen Apfel vom Baum.

Eine Weile später stehen wir schließlich vor dem großen Eingangstor des Internats. Links an einem Pfeiler hängt ein goldenes Schild mit schwarzen Buchstaben.

»Für Knaben?«, frage ich.

»Das bedeutet, dass dies eine reine Jungs-Schule ist«, sagt Onkel Gabriel. »Der CEO und dein Vater sind der Meinung, dass dich Mädchen nur unnötig verwirren würden.«

Aha. Okay. Von mir aus. Von Mädchen habe ich sowieso keine Ahnung. Bei uns unten gibt es nämlich keine. Zumindest habe ich noch nie eins gesehen. Frauen, ja, da gibt es ein paar. Aber viel weniger als Männer. Das liegt daran, dass Frauen nicht so viele schlimme Sachen machen, hat Papa mir mal erklärt. Weil sie nicht so dumm sind wie Männer. Keine Ahnung, ob das stimmt. Jedenfalls habe ich kein Problem damit, dass hier nur Jungs sind, bin ja schließlich selbst einer.

»Du gehst da rein und meldest dich im Sekretariat«, sagt Onkel Gabriel. »Die erste Tür rechts und dann die Treppe hoch. Die wissen, dass du kommst.«

»Du kommst nicht mit?«, frage ich.

»Nein, ab jetzt bist du auf dich allein gestellt. Aber, wie gesagt, die wissen Bescheid. Sag einfach deinen Namen, alles Weitere erklärt man dir dann. Hast du noch irgendwelche Fragen?«

Ja, eine Frage hätte ich tatsächlich: Darf ich wieder mit zurückkommen? Die Antwort darauf kenne ich leider schon, deshalb schüttle ich den Kopf.

»Dann mach's gut, Luzifer«, sagt Onkel Gabriel und

klopft mir auf die Schulter. »Halt die Ohren steif. Du schaffst das schon.«

»Es bleibt mir ja wohl nichts anderes übrig«, sage ich seufzend.

Onkel Gabriel dreht um und ich schaue ihm noch eine Weile hinterher, bis er außer Sichtweite ist. Ein seltsames Gefühl macht sich in meinem Magen breit. Jetzt bin ich allein. Ganz allein an einem sehr fremden Ort. Den ich jetzt schon kaum noch sehen kann, weil irgendetwas mit meinem linken Auge nicht stimmt. Ich sehe auf einmal alles so verschwommen. Ich fasse mit einem Finger vorsichtig an mein Auge. Was ist das denn? Mein Finger ist feucht. Da ist offenbar Wasser in meinem Auge. Warum ist da Wasser in meinem Auge? Und jetzt muss ich auch plötzlich noch schniefen, weil komisches Zeug aus meiner Nase läuft. Hilfe! Mein Gesicht löst sich langsam auf! Holt mich hier raus! Und zwar schnell, bevor nichts mehr von mir übrig ist!

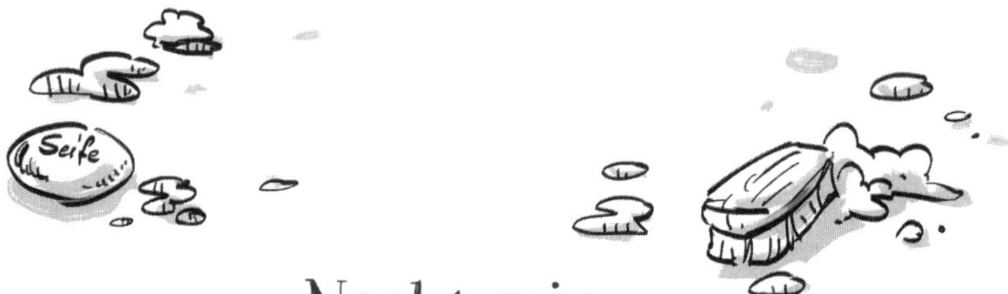

Nackt sein

»Sie werden sehen, bald fühlen Sie sich bei uns äußerst wohl, Herr von Turbsnatas.«

Daran werde ich mich so schnell nicht gewöhnen, das steht fest. Und damit meine ich nicht nur meinen bescheuerten neuen Namen. Dieser komische Direktor Dr. Hasenfuß siezt mich die ganze Zeit. Wieso macht er das? Mich hat noch nie jemand gesiezt, das fühlt sich total seltsam an.

»Ein bisschen Heimweh ist am Anfang durchaus normal «, fährt er fort. »Machen Sie sich keine Sorgen, das geht vorbei.«

Das will ich doch hoffen. Ich verspüre nicht die geringste Lust, noch mal deswegen zu heulen. Mein Gesicht hat sich nämlich gar nicht aufgelöst, das waren Tränen. Ich wusste überhaupt nicht, dass ich das kann. Ich habe noch nie geheult. Wahrscheinlich, weil es keinen Grund dazu gab. Oder weil Papa es in der gesamten Hölle verboten hat. Früher wurde bei uns unten wohl immer so viel geheult, dass manchmal komplette Gänge unter Wasser standen. Das ging Papa irgendwann so sehr auf den Keks, dass er in allen Abteilungen ein striktes Heul-Verbot angeordnet hat. Mir persönlich hat er es aber nie verboten. Trotzdem habe ich nie geheult. Aber egal warum, ich will jedenfalls nie wieder heulen, das war kein schönes Gefühl. Und oberpeinlich war es auch, als ich völlig panisch mit beiden Händen vor dem Gesicht in dieses Sekretariat gestürmt bin.

»HILFE! RETTET MICH!«, habe ich gerufen. »MEIN GESICHT! ICH SCHMELZE! ICH SCHMELZE!«

Da hat die Sekretärin einen Riesenschreck gekriegt und zum Telefon gegriffen, um einen Notarzt zu rufen. Aber als sie gesehen hat, dass mit meinem Gesicht alles okay war, hat sie schnell wieder aufgelegt und erst einmal kräftig mit mir geschimpft. Mit so etwas würde man keine Späße machen, hat sie gesagt, und dass das nicht witzig wäre. Ich fand das auch nicht witzig, im Gegenteil, ich habe immer weiter geheult, ich konnte gar nicht mehr aufhören. Und weil ich so heulen musste, hat die Sekretärin mich nicht verstanden, als ich ihr meinen bescheuerten Namen gesagt habe. Deswegen hat sie den Hasenfuß geholt. Der hat mich mit in sein Büro genommen und mir ein Glas Apfelsaft gegeben. Das war so lecker, da habe ich sofort aufgehört zu heulen. Und jetzt sitze ich seit einer halben Stunde hier und höre mir an, wie toll diese Schule ist.

»Wenn Sie sich erst einmal eingewöhnt haben, werden Sie gar nicht mehr wegwollen«, sagt Hasenfuß.

Darauf würde ich an seiner Stelle nicht wetten.

»Wissen Sie, wir legen besonderen Wert auf die Förderung der individuellen Talente unserer Schüler. Ich entnehme meinen Unterlagen, dass Sie Posaune spielen? Ein wunderbares Instrument! Unser Musiklehrer, Herr Pfeife, freut sich schon sehr auf diese Bereicherung für das Schulorchester.«

Wie bitte, was? Ich soll Posaune spielen? Ich hasse Posaune! Papa spielt Posaune, das klingt fürchterlich. Er wollte immer, dass ich … Oh nein. Mir schwant Böses.

»Was steht denn da noch so drin, in Ihren Unterlagen?«, frage ich.

Hasenfuß greift nach einer kleinen Mappe und schlägt sie auf. »Nun ja«, sagt er. »Hier steht, dass Sie gerne lesen, vorzugsweise historische Sachbücher mit nicht weniger als eintausend Seiten. Ich habe Ihnen bereits eine zwölfbändige Gesamtausgabe über das Leben und Wirken von Dschinghis Khan auf Ihr Zimmer bringen lassen.«

Aha. Und was soll ich damit? Ich kenne Dschinghis von unten. Er ist ein furchtbarer Dummschwätzer und Angeber, das weiß ich auch, ohne ein einziges Buch zu lesen. Wie kommt dieser Hasenfuß eigentlich darauf, dass ich historische … Oh, das ist teuflisch. So teuflisch, dass es nur von meinem Vater höchstpersönlich stammen kann. Posaune? Lesen? Er hat da lauter Sachen reingeschrieben, die ich absolut hasse. Sehr witzig, Papa. Vielen Dank auch.

»Außerdem steht hier noch, Sie waren an Ihrer alten Schule Jahrgangsbester und Rekordhalter im Kugelstoßen. Es wird Sie sicher freuen zu hören, dass unsere Leichtathletik-Riege zu den besten des Landes gehört.«

Kugelstoßen? Ich weiß nicht mal, was das ist. Klingt irgendwie albern.

»Dann gibt es noch einige detaillierte Angaben zu Ihrem persönlichen Ernährungsprogramm«, fährt Hasenfuß fort. »Wobei ich zugeben muss, noch nie etwas von der ungarischen Fleisch-Diät gehört zu haben. Für mich wäre das ja nichts, so ein blutiges 500-Gramm-Steak zum Frühstück.«

Oh, das ist besonders fies. Papa weiß sehr genau, dass ich kein Fleisch esse. Niemals. Und das bereits seit über sechs Jahren, seit ich Cornibus habe. So richtig geschmeckt hat es mir vorher auch schon nicht, aber heute würde ich keinen Bissen Fleisch mehr runterkriegen. Weil für mich immer Cornibus auf dem Teller liegt. Und das ist echt das Letzte, was ich will, Cornibus essen. Oder irgendein totes Tier. Dafür mag ich Tiere viel zu gern – auch wenn ich noch nie ein echtes gesehen habe.

»Das stimmt nicht«, sage ich bestimmt. »Da muss ein Fehler vorliegen. Ich esse kein Fleisch. Bitte ändern Sie das.«

»Ach, Sie sind also Vegetarier? Das ist überhaupt kein Problem, davon haben wir einige hier. Unser Küchenchef ist darauf eingestellt, ich werde es ihm unverzüglich mitteilen.«

Aha, interessant. Hier oben gibt es offenbar so viele Leute, die kein Fleisch essen, dass man ihnen gleich einen eigenen Namen gegeben hat. Cool. Dann bin ich ab jetzt also ein Vegetarier. Wenn Papa das hört, ärgert er sich wahrscheinlich schwarz. Gut so.

»Somit wäre ja vorerst alles geklärt«, sagt Hasenfuß. »Sollten Sie in den Anfangstagen Fragen oder Probleme haben, wenden Sie sich bitte vertrauensvoll jederzeit an mich.« Er drückt auf einen Knopf an einem kleinen Lautsprecher, der auf seinem Tisch steht.

»Frau Schneider-Schnutzel? Wer hat heute die Fluraufsicht im dritten Stock?«

»Augenblick«, krächzt es aus dem Lautsprecher. »Das müsste der junge Herr Wagner sein. Ja, Wagner. So steht es zumindest im Plan.«

»Schicken Sie ihn bitte umgehend zu mir«, sagt Hasenfuß und wendet sich an mich. »Herr Wagner ist Vorsteher der Jahrgangsstufe 6. Er wird Ihnen Ihr Quartier zeigen und Sie mit der Flurordnung vertraut machen.

Es gibt bei uns einige Regeln, die streng befolgt werden müssen. Sie können sich gleich draußen bei Frau Schneider-Schnutzel eine Kopie der Hausordnung aushändigen lassen.«

»Okay«, sage ich und zucke gleichgültig mit den Schultern.

»Wir hier in St. Fidibus sind übrigens der Meinung, dass die moderne Kommunikationstechnologie nur unnötig vom Wesentlichen ablenkt. Deshalb gibt es auf dem gesamten Schulgelände keinen Internet-Empfang. Der einzige Computer mit Internetzugang steht draußen bei Frau Schneider-Schnutzel. Wichtige Nachrichten leiten wir natürlich umgehend an Sie weiter.«

Da werden keine kommen. Es sei denn, die Hölle friert zu. Was garantiert nicht passieren wird.

»Gut, dann warten Sie bitte draußen, bis Herr Wagner Sie abholt. Wir sehen uns beim Abendessen in der Mensa. Herzlich willkommen in St. Fidibus, Herr Turbsnatas.«

»Äh … ja … danke.«

Ich gebe ihm noch artig die Hand und verlasse das Zimmer. Draußen gibt mir Frau Schneider-Schnutzel ein großes, beidseitig bedrucktes Stück Papier.

»Das ist die Hausordnung«, sagt sie. »Am besten auswendig lernen. Vor allem Regel Nummer 17, das ist die wichtigste.«
Ich werfe einen Blick auf den Zettel.

Regel 17: Frau Schneider-Schnutzel ist stets mit Respekt, Höflichkeit und in angemessener Lautstärke anzusprechen. Wer schreit, hat bei Frau Schneider-Schnutzel nie recht. Es sei denn, es ist Dr. Hasenfuß, der grundsätzlich recht hat.

»Moment, da fehlt noch etwas«, sagt Frau Schneider-Schnutzel und reißt mir das Blatt aus den Händen. Sie schreibt mit ihrem Kuli etwas darauf und gibt es mir zurück.

Laune sowie Hilfsbereitschaft von Frau Schneider-Schnutzel steigen enorm, wenn man ihr Pralinen (Familienpackung Trüffel-Karamell) schenkt.

»Verstanden?«, fragt sie und zwinkert mir zu.
Nein, überhaupt nicht. Wieso sollte mich die Laune dieser Frau interessieren? Und was sind Pralinen? Aber ich nicke vorsichtshalber kurz und zwinkere zurück, kann ja nicht schaden.
Kurz darauf betritt ein hellblonder Junge das Sekreta-

riat. Er ist ungefähr so groß wie ich und sehr ordentlich gekleidet.

»Ah, Herr Wagner«, sagt Frau Schneider-Schnutzel und zeigt auf mich. »Das ist unser Neuzugang, Herr von Turboratzfatz. Bitte …«

»Turbsnatas«, verbessere ich sie. Wenn schon bescheuerter Name, dann bitteschön richtig.

»Genau«, sagt Frau Schneider-Schnutzel. »Turbnassfass, sag ich doch. Bitte bringen Sie ihn auf sein Zimmer. Nummer 13. Und zeigen Sie ihm alles, was wichtig ist. Vor allem die Duschen. Er riecht irgendwie seltsam, nach abgebrannten Streichhölzern.«

Was, echt? Ich schnuppere an mir. Riecht doch ganz normal.

»Jawohl, Frau Schneider-Schnutzel«, sagt der Junge und wendet sich an mich. »Komm mit.«

Wir verlassen das Gebäude und laufen über den großen Hof. »Willkommen in der Hölle«, sagt der Junge.

»Kann nicht sein«, erwidere ich. »Da komm ich gerade her.«

»Verstehe. Auch Ärger gehabt an deiner alten Schule. Wie fast alle hier. Was hast du angestellt?«

»Ich war zu lieb.«

»Ha ha, der war gut«, sagt der Junge grinsend. »Humor hast du schon mal. Den wirst du auch brauchen. Hier gibt es nämlich nicht viel zu lachen. Vor allem nicht für Sechstklässler.«

»Wieso?«, will ich wissen.

»Hier regieren die Großen. Die Achtklässler. Da sind richtig fiese Typen dabei. Am besten, du gehst ihnen weiträumig aus dem Weg.«

»Ach, mit fiesen Typen kenn ich mich aus«, sage ich. »Kein Problem.«

»Ich mein ja nur, sei lieber vorsichtig. Und falls du Ärger kriegst, geh auf keinen Fall zu Hasenfuß, das macht es nur schlimmer. Wer petzt, muss hinterher doppelt und dreifach leiden.«

Das ist klar. Petzen sind ja auch die Pest. Die sitzen bei uns in Abteilung 36.

»Wenn irgendwas ist, komm am besten erstmal zu mir«, sagt der Junge. »Ich heiße übrigens Gustav. Und du?«

»Lu… äh… Vitus«, sage ich. »Weißt du zufällig, wo ich hier Schokolade kriegen kann?«

»Klar. Der Hausmeister verkauft in den Pausen und nachmittags Brötchen und Süßigkeiten. Ist aber ziemlich teuer. Ansonsten dürfen wir einmal pro Woche für eine Stunde rüber ins Dorf, da ist ein kleiner Supermarkt. Im Dorf kann es aber auch Ärger geben. Die Dorfkinder mögen keine Fidibusse.«

Wir betreten das große Gebäude an der Stirnseite des Hofs. Eine breite Steintreppe führt nach oben. Als wir kurz vor dem ersten Stockwerk sind, versperrt uns ein Mann mit einem Besen den Weg.

»Hallo, Herr Rosenberg«, sagt Gustav und zeigt auf mich. »Das ist Vitus. Er ist neu hier. Dritter Stock, Zimmer 13. Vitus, das ist unser Hausmeister, Herr Rosenberg.«

»Hallo«, sage ich.

»Habt ihr euch auch gut die Schuhe abgeputzt?«, brummt der Hausmeister. »Ich habe keine Lust, die Treppe gleich noch mal zu fegen.«

»Natürlich, Herr Rosenberg«, sagt Gustav.

»Gustav sagt, Sie haben Schokolade«, sage ich. »Kann ich welche haben? Ich habe auch Geld. Reichen zwölftausend?«

Die beiden starren mich mit großen Augen an. Dann fängt Gustav an zu lachen.

»Haha!«, grölt er. »Zwölftausend! Du bist echt witzig, Vitus! Das wird bestimmt sehr lustig mit dir! Zwölftausend! Ich lach mich schlapp!«

»Schokolade gibt's erst morgen wieder«, brummt der Hausmeister. »Die Tafel zwei fünfzig.«

Ach, Mist. Ich hätte so gern heute schon dieses Schokoladezeug probiert. Na ja, wenigstens habe ich noch einen Apfel, da freue ich mich jetzt schon drauf.

»Gut, dann morgen«, sage ich. »Wo finde ich Sie?«

»Pausenhalle«, brummt der Hausmeister. »Aber Schuhe vorher gut abputzen. Da habe ich nämlich auch gerade gefegt.«

»Ich zeig dir morgen früh, wo das ist«, sagt Gustav. »Jetzt geht's erstmal auf dein Zimmer. Tschüs, Herr Rosenberg.«

Der Hausmeister brummt uns noch irgendetwas Unverständliches hinterher, während wir weiter die Treppe hinaufsteigen. Als wir auf den letzten Stufen sind, fällt mir plötzlich das Atmen schwerer. Verdammt, was ist das denn jetzt? Das hatte ich noch nie. Und diesmal fängt mein Gesicht wirklich an zu schmelzen, an der Stirn, da ist alles nass. Aua! Und jetzt sticht mich auch noch etwas in die rechte Seite. Ich drehe mich ruckartig nach rechts, aber da ist niemand. Kann es sein, dass ich die Atmosphäre hier oben nicht vertrage? Ich bin fix und fertig und muss erstmal stehen bleiben.

»Ja, die Treppen hier sind mörderisch«, sagt Gustav. »Aber daran gewöhnst du dich schnell.«

»Das … fühlt sich an … als hätte mir jemand … ein Messer … in die Seite … gerammt«, keuche ich.

»Hattest du noch nie Seitenstechen? Macht ihr keinen Sport in Ungarn? Tief durchatmen, das hilft. Hier, wisch dir das Gesicht ab. Du schwitzt ja wie nach einem Marathonlauf.«

Er reicht mir ein Taschentuch.

Seitenstechen? Schwitzen? Heulen? Was denn noch alles? Wenn das so weitergeht, kann ich froh sein, wenn ich die ersten drei Tage hier überhaupt lebend überstehe. Bei uns unten habe ich nicht mal geschwitzt, wenn die Heizdämonen den großen Ofen auf 2000 Grad hochgeheizt haben.

Ich atme ein paarmal tief durch, das Seitenstechen hört tatsächlich auf. Wir steigen langsam weiter die Treppen hinauf. Im dritten Stock biegen wir in einen langen Flur mit vielen Türen.

»Der Waschraum ist hier«, sagt Gustav und zeigt auf einen Raum ohne Tür. »Geduscht wird normalerweise morgens. Aber du solltest das wirklich noch vor dem Abendessen erledigen. Du müffelst, als wärst du gerade aus einem brennenden Haus geflüchtet.«

Ich schnuppere noch einmal an mir, kann aber nichts Auffälliges erkennen.

»Ich glaube, es sind deine Klamotten«, sagt Gustav.

Wir gehen weiter bis zum Ende des Flurs. Gustav öffnet die letzte Tür auf der linken Seite. »So, da wären wir«, sagt er. »Dir ist hoffentlich klar, dass du riesiges Glück hast. Die 13 ist das letzte freie Einzelzimmer, es gibt nur zwei davon. Das andere hat Aaron, direkt gegenüber. Er ist ein bisschen seltsam, hat einen IQ von über 150 und ganz viele Ticks. Wundere dich nicht, wenn er dir zur Begrüßung ans Schienbein tritt, das macht er bei jedem.«

Wir betreten das Zimmer. Ziemlich hell hier. Das muss an dem Fenster liegen. Da scheint ja das ganze

Sonnenlicht durch, das könnte auf Dauer ziemlich nervig sein. Der Boden ist aus Holz, das gibt es bei uns auch nicht. Außer in Abteilung 42a bei den Grundlos-Stehenbleibern, die haben auch einen Holzboden, der brennt allerdings. Das Bett

ist ebenfalls aus Holz und es liegt noch irgendetwas darauf, das sehr weich aussieht. Überhaupt ist das alles sehr holzlastig hier. Ein Schrank aus Holz, ein Schreibtisch aus Holz, ein Stuhl aus Holz – bei uns würden diese Möbel nach spätestens einer Stunde in Flammen stehen. Aber ich muss zugeben, dass es ziemlich gemütlich aussieht.

»Hier hat jeder Schüler seinen eigenen Laptop«, sagt

Gustav und zeigt auf ein schwarzes, flaches Ding auf dem Schreibtisch.

Ah, das ist also ein Laptop. Steven hat mir davon erzählt, das ist ein Computer, nur in klein und flach.

»Als Startseite müsste dein Stundenplan kommen«, sagt Gustav. »Die meisten Schulbücher sind auch drauf. Ansonsten ist er nur zum Lernen und Schreiben. Internet kannst du vergessen, aber das hat dir der Hasenfuß bestimmt schon gesagt.«

»Ja, hat er«, sage ich.

»Okay, dann lass ich dich jetzt mal in Ruhe auspacken. Abendessen gibt's um sechs drüben im Speisesaal. Soll ich dich um kurz vor sechs abholen?«

»Das wäre super«, antworte ich.

»Gut, bis dann«, sagt Gustav. »Und vergiss das Duschen nicht. Sonst haben dich die Achtklässler sofort im Visier. Handtücher und Duschzeug sind im Schrank.«

Er verlässt das Zimmer. Ich gehe an die Tür, um sie abzuschließen, aber sie hat keinen Schlüssel. Na gut, darum kümmere ich mich später. Jetzt muss ich erst mal verschnaufen.

Ich werfe meine Tasche auf das Bett und mich daneben. Oh, das ist ja echt weich. Nicht schlecht. Wahrscheinlich brauchen die hier oben so weiche Betten, weil ihre Körper ständig wehtun. Meiner tut es jedenfalls, überall zwickt und schmerzt irgendetwas, das ist echt eine Qual. Und todmüde bin ich auch. Ein kleines Nachmittagsschläfchen wäre jetzt schön. Ich werfe einen Blick auf meine Uhr. Es ist drei, also noch drei Stunden bis zum Abendessen. Und ich muss ja noch duschen. Zuerst duschen oder schlafen? Ach, was soll's, dann dusche ich eben erst, dann habe ich es hinter mir.

Ich rapple mich mühsam auf und öffne den Schrank. Dort liegt ein Stapel mit weißen, rechteckigen Stofflappen. Das müssen wohl die Handtücher sein – wofür auch immer man die braucht. Daneben stehen verschiedene bunte Plastikflaschen und eine Zahnbürste in einem Glas. Auf einer der Flaschen ist das Wort Duschgel zu lesen, also nehme ich sie mit.

Als ich den Waschraum betrete, ist niemand dort. Sehr gut, dann kann ich hier erst mal ungestört alles ausprobieren. Links und rechts an den Wänden hängen jeweils sechs Duschen. In der Mitte des Raums befindet sich ein großer Block mit zwölf gegenüberliegenden Waschbecken. Ich drehe an einer der Duschen das Wasser auf. Hey, das ist ja richtig schön kalt. Und es riecht auch nicht nach Schwefel. Ich lasse etwas Wasser in meine Hand laufen und trinke einen Schluck. Oh, das schmeckt super! So frisch. Das ist doch eigentlich viel zu schade, um sich damit zu waschen. Aber okay, ist ja nicht mein Wasser. Ich drehe den Strahl stärker. Eigentlich könnte ich meine Klamotten ja gleich mitduschen, oder? Gustav hat gesagt, es liegt an meinen Klamotten, also bringt es ja gar nichts, wenn ich jetzt nur meinen Körper dusche.

Ich stelle mich in voller Montur unter das fließende Wasser. Hui, das ist aber kalt. Ob das auch wärmer geht? Da ist noch ein zweiter Regler mit einem roten Punkt drauf. Ich drehe an ihm, das Wasser wird wärmer. Eklig ist das aber trotzdem. Und was macht man jetzt mit diesem Duschgel? Ich öffne die Flasche und rieche daran. Das duftet nicht schlecht, ein bisschen wie der frische Apfel vorhin. Ich drücke vorsichtig einen Tropfen auf meinen Finger und lecke daran. Igitt, nein zum Essen ist das definitiv nichts, das schmeckt ein bisschen wie die Chlor-Suppe, die bei uns in Abteilung 96 immer die Am-Essen-Rumnörgler kriegen. Aber wenn ich meine Klamotten damit einschmiere, riechen sie vielleicht besser. Ich verteile das Zeug kreuz und quer über meinen Körper und verreibe es. Huch, was ist das denn? Wo kommt denn der ganze Schaum plötzlich her? Das ist ja lustig. Ich schmiere mir etwas von dem Duschgel in die

Haare und rubble sie kräftig durch. Das sieht bestimmt total witzig aus. Über den Waschbecken sind kleine Spiegel. Ich gehe hin und betrachte mich. Hihi, ich habe einen Schaumkopf und einen Schaumbart.

Als ich mich wieder umdrehe, kriege ich einen Riesenschreck. Vor mir steht ein Junge. Er ist ein bisschen kleiner als ich, ziemlich dünn, und er hat eine seltsam zerzauste Frisur. Wo ist der denn so plötzlich hergekommen?

»Das geht so nicht. So nicht«, sagt er.

»Was meinst du?«, frage ich.

»Beim Duschen muss man nackt sein. Nackt sein«, antwortet er.

»Okay, sorry, das wusste ich nicht«, sage ich. »Ich bin neu hier und Gustav hat gesagt, dass meine Klamotten stinken. Deswegen habe ich sie gleich mitgeduscht.«

»Kleidung duscht man nicht, sie wird gewaschen. Gewaschen.«

»Alles klar, das merk ich mir. Ich bin übrigens Vitus.«

»Vitus, aus dem Lateinischen, von vita, das Leben. Davon abgeleitet bist du folglich der Lebendige. Der Lebendige.«

Aha, der Lebendige. Sehr witzig. Das war mit Sicherheit Papas Idee.

»Sehr interessant«, sage ich. »Und wie heißt du?«

»Mein Name ist Aaron«, sagt der Junge und tritt näher an mich heran. »Ich bitte vielmals um Verzeihung. Verzeihung.«

»Wofür denn?«, will ich wissen. »So schlimm ist Aaron als Name nun auch wieder nicht, dafür musst du dich doch nicht entschul… AU!«

Er hat mir ans Schienbein getreten. Und zwar volle Suppe. Gustav hatte mich ja davor gewarnt, aber das hatte ich schon wieder vergessen. Und er hätte mir lieber sagen sollen, wie höllisch weh es tut. Diese Schmerzen sind ja bestialisch.

»AU! AU! AU!«, rufe ich auf einem Bein hüpfend. »VERFLUCHT, TUT DAS WEH!«

»Es tut mir leid«, sagt Aaron. »Ich muss das machen, das ist ein Tick. Und du solltest lieber vorsichtig sein. Vorsichtig sein.«

»Wieso? Musst du immer zweimal zutreten?«, frage ich.

»Wer sein gesamtes Gewicht auf ein Bein verlagert, verschiebt dadurch seinen Körperschwerpunkt. Das führt zu ungewohnten Balance-Verhältnissen, die schwer zu beherrschen sind. Vor allem auf einem glatten Untergrund, der durch seifenhaltiges Wasser bedingt noch rutschiger sein dürfte als ohnehin. Ohnehin.«

»Du meinst, ich sollte besser aufhören, auf einem Bein zu hüpfen, weil ich sonst hinfaaaaaaaaAAAAAAAAH!«

Mein Bein rutscht weg, ich segle für einen winzigen Moment schwerelos durch die Luft und krache dann hart mit dem Rücken auf den Boden.

Für einen Schmerzensschrei fehlt mir die Luft, ich kann nur noch schwach ächzen. Wenigstens tut jetzt das Schienbein nicht mehr so weh.

»Kann ich dir irgendwie behilflich sein? Behilflich sein?«, fragt Aaron.

»Nein«, stöhne ich. »Lass mich einfach hier liegen und sterben.«

»Gut, das mache ich«, sagt Aaron. »Aber ich bin mir sicher, du wirst nicht sterben. Wir sehen uns bestimmt bald wieder. Bald wieder.«

»Das eilt nicht«, stöhne ich.

Aaron verlässt den Waschraum. Ich rapple mich ächzend und stöhnend auf und stelle mich noch eine Weile unter das laufende Wasser, bis der Schaum aus meinen Klamotten gewaschen ist. Das Handtuch erscheint mir sehr saugfähig, also tupfe ich mich damit ab. Besonders trocken werden meine Klamotten dadurch allerdings nicht. Ich schlurfe triefend und überall kleine Pfützen hinterlassend zurück in mein Zimmer. Dort

angekommen, lasse ich mich auf das Bett plumpsen und schließe die Augen. Eins steht fest: Ein ganzes Jahr überlebe ich unter diesen Umständen mit Sicherheit nicht. Ich bin kaum eine Stunde hier und hatte schon eine Heulattacke, Atemnot, Seitenstechen, Schweißausbrüche, ein gefühlt zertrümmertes Schienbein und höllische Rückenschmerzen. Und der Tag ist ja noch nicht vorbei. Dieses Lebendigsein schlaucht ganz schön.

Keine Absicht

»VITUS! AUFWACHEN!«, schreit irgendjemand von sehr weit weg.

Nein, noch nicht. Ich will noch ein bisschen schlafen, lasst mich in Ruhe.

»VITUS! WIR MÜSSEN ZUM ESSEN!«

Okay, Hunger hätte ich schon. Mein Magen fühlt sich schrecklich leer an. Ich wusste gar nicht, dass das möglich ist.

»VITUS! LEBST DU NOCH?«

Was heißt denn hier *noch*? Ich lebe gerade quasi zum ersten Mal. Das ist ja das Problem. Mein Körper ist fix und fertig davon. Und jetzt wird auch noch daran gerüttelt. Ich öffne meine Augen. Den Jungen, der da an mir rüttelt, kenne ich. Das ist Gustav.

»Na endlich«, sagt er. »Ich versuche bestimmt schon seit zehn Minuten, dich zu wecken.«

»Sorry«, murmele ich. »Muss wohl eingeschlafen sein.«

»Offensichtlich«, sagt Gustav. »Pennst du immer in

Klamotten? In nassen Klamotten noch dazu. Was ist denn passiert? Der ganze Boden ist feucht.«

»Öh … keine Ahnung«, sage ich. »Ich war nur duschen.«

»Mit T-Shirt und Jeans?«

»Äh … nein, natürlich nicht. Ich habe mich nur zu schnell wieder angezogen.«

»Du hast dich angezogen, ohne dich vorher abzutrocknen?«

»Äh … ja … nein … keine Ahnung. Ich war verwirrt. Da war plötzlich dieser seltsame Junge …«

»Aaron? Ja, der kann einen schon mal verwirren«, sagt Gustav lachend. »Hat er dir ans Schienbein getreten?«

»Und wie«, sage ich. »Das tut jetzt noch weh.«

»Er meint es ja nicht böse. Und das macht er auch nur, wenn er sich zum ersten Mal vorstellt. Wir sollten dann langsam mal runtergehen. Wer auch nur eine Sekunde zu spät zum Essen kommt, kriegt keinen Nachtisch. Da ist der Hasenfuß knallhart.«

»Kein Problem«, sage ich und stehe auf. »Ich bin bereit.«

»Bist du dir sicher?«, fragt Gustav mit skeptischem Blick. »Du siehst sehr zerknautscht aus. Willst du dir nicht lieber noch schnell etwas anderes anziehen?«

Ich blicke an mir herunter. Mein T-Shirt und meine

Hose sehen so aus, als wären sie aus Hunderten kleinen Falten zusammengenäht worden. Ein bisschen feucht sind sie auch noch. Ich schnuppere daran, sie riechen nach dem Duschgel. »Was ist besser?«, frage ich. »Stinkende oder zerknautschte Klamotten?«

»Dann doch lieber zerknautschte. Hast du nichts anderes mehr zum Anziehen?«

»Doch, aber das stinkt auch alles.« Zumindest vermute ich das. Auch wenn ich es selbst nicht rieche – der Höllengeruch wird nicht auf einmal verschwunden sein.

»Morgen ist Waschtag«, sagt Gustav und zeigt auf einen großen runden Behälter neben dem Schrank. »Steck deine Klamotten einfach da in den Korb und stell ihn heute Abend vor die Tür.«

»Okay, mach ich.«

Wir verlassen mein Zimmer und laufen die Treppen nach unten. Das ist viel leichter als hoch, stelle ich erfreut fest. Keine Atemnot, kein Schweiß, kein Seitenstechen. Wir überqueren den Hof und betreten ein Gebäude auf der linken Seite. Gustav öffnet eine große Tür vor uns und der Geräuschpegel steigt sofort enorm an. Ui, dieser Speisesaal ist ja riesig. Und voll. Ich schätze, hier wuseln gerade über zweihundert Jungs kreuz und quer durch den Saal. Einige sitzen bereits an den Tischen, andere stehen in einer langen Schlange an einer Essenstheke, die sich über die gesamte linke Seite erstreckt.

Das ist hier wie in unserer Cafeteria, nur viel größer und ordentlich. Geschirr klappert, Stühle werden gerückt, alle plappern wild durcheinander – und ich weiß nicht, wie man sich in solch einer Umgebung richtig verhält. Am besten, ich laufe einfach Gustav hinterher und mache ihm alles nach.

Wir stellen uns in die Schlange. Gustav nimmt sich ein Tablett, ein Messer, einen kleinen Löffel und ein kleines Papiertuch von einem Stapel. Ich folge seinem Beispiel. Es geht einigermaßen schnell voran, ich beobachte, was vor uns passiert. Hinter der Theke stehen zwei Frauen, die jeweils zwei volle Teller auf den Tabletts abstellen. Auf dem einen Teller liegen Brotscheiben, auf dem anderen …

»Hey«, lenkt mich eine Stimme von hinten ab. »Was bist du denn für einer? Du siehst aus, als hätte man dich auf Würfelgröße zusammengefaltet und danach vergessen zu bügeln.«

Ein paar dreckige Lacher gesellen sich zu der Stimme. Ich drehe mich um. Vor mir steht ein älterer und deutlich größerer Junge in einem sehr hässlichen Pulli.

»Lass ihn in Ruhe, Torben«, sagt Gustav. »Ist sein erster Tag hier.«

»Misch dich nicht ein, Knirps«, sagt dieser Torben. »Sonst sieht dein Gesicht gleich so zerknautscht aus wie sein T-Shirt.«

»Schon okay, Gustav«, sage ich. »Er hat ja recht. Ich bin nur froh, dass ich nicht auch einen Pulli anhabe, der aussieht, als hätte ein Höllenhund mit Durchfall draufgekackt.«

Ein Raunen zieht sich durch die Umstehenden. Torben schnappt mich am Kragen. »Jetzt pass mal gut auf, du Wicht«, zischt er mich an. »Niemand beleidigt meinen dreihundert Euro teuren Pulli. Ist das klar?«

»Sorry«, sage ich. »Ich wusste nicht, dass man für Hässlichkeit hier bezahlen muss. Ich hätte das Geld ja eher in Schokolade angelegt, da hat man wahrscheinlich mehr von.«

»Vorsicht«, knurrt Torben mich an. »Noch so ein Spruch und du kannst deine Schokolade ab sofort nur noch lutschen.«

»Echt, geht das?«, frage ich. »Klingt lecker.«

»Für einen Neuling hast du eine ziemlich große Klappe«, erwidert Torben. »Soll ich mal ausprobieren, ob meine Faust reinpasst?«

»Hey, geht das mal weiter da vorne?«, ruft jemand von hinten aus der Schlange. »Ich habe keine Lust, bis zum Frühstück hier zu stehen!«

Torben lässt meinen Kragen los. »Glück gehabt«, sagt er. »Aber wir sehen uns ganz sicher noch.«

»Okay«, sage ich und zucke gleichgültig mit den Schultern.

Komischer Kerl. Ich meine, wir kennen uns ja kaum und er will seine Faust in meinen Mund stecken. Ist das normal hier? Na ja, egal, erst mal was essen. Mein Magen macht mittlerweile sehr seltsame Geräusche, vielleicht hilft das ja.

Als ich an der Reihe bin, stellt eine der Frauen zwei Teller auf mein Tablett. Das Brot riecht lecker, aber von dem anderen Teller strömt ein sehr vertrauter Geruch in meine Nase – allerdings kein guter. Das riecht nach Tod. Nach totem Tier.

»Äh, Entschuldigung?«, sage ich zu der Frau. »Ich mag das nicht essen. Ich bin ein …« Verdammt, wie hieß das noch mal? Irgendwas mit v, oder? Ach ja, jetzt weiß ich's wieder. »Ich bin ein Vertikalier«, sage ich bestimmt.

Um mich herum fangen alle an zu lachen. Was denn? Ist das etwa lustig, wenn jemand keine toten Tiere isst?

»Du meinst wohl Vegetarier«, sagt die Frau hinter der Theke schmunzelnd. »Das ist gar kein Problem.« Sie gibt mir einen neuen Teller, auf dem gelbe, flache Scheiben liegen und zwei kleine Schälchen mit rotem und braunem Zeug drin.

»Pudding oder Rote Grütze?«, fragt mich die Frau.

Mist, ich habe nicht aufgepasst, was Gustav gemacht hat. Ich weiß nicht, was ich antworten soll, und starre sie mit einem großen Fragezeichen auf der Stirn an.

»Der Nachtisch«, sagt sie. »Pudding oder Grütze?«

»Äh … Grütze«, sage ich, weil ich das Wort irgendwie lustig finde, und sie stellt eine Schale mit merkwürdig aussehendem roten Glibber auf mein Tablett.

Ich laufe hinter Gustav her zu einem der Tische, an dem bereits mehrere Jungs sitzen, und nehme neben ihm dort Platz. Das Tablett stelle ich vor mich auf den Tisch.

»Du solltest dich nicht mit Goldreich anlegen«, flüstert Gustav mir zu.

»Okay«, flüstere ich zurück. »Wer oder was ist ein Goldreich?«

Gustav nickt in Richtung unseres Nachbartisches, an dem dieser Torben sitzt. »Torben Goldreich«, flüstert er. »Seine Eltern sind stinkreich und deshalb hält er sich für den Größten. Er kann sich hier alles erlauben, weil seine Eltern der Schule jedes Jahr tonnenweise Geld

spenden. Und das meine ich wörtlich. Die kommen mit ihrem SUV und laden eine Tonne voller Scheine ab, damit es auch jeder sehen kann. Ganz widerliche Angeber sind das. Und Torben ist durch und durch böse, ein richtiger Fiesling. Also geh ihm lieber aus dem Weg. Wenn es dafür nicht schon zu spät ist. Wahrscheinlich hat er dich jetzt schon auf dem Kieker und plant irgendwas gegen dich.«

Gegen mich? Wieso denn? Wir haben doch ganz nett geplaudert. Aber gut zu wissen, dass er böse ist – da kann ich mir bestimmt etwas abgucken. Vielleicht darf ich sogar früher nach Hause, wenn ich mir beim Bösesein Mühe gebe.

»Er kann gern etwas planen«, sage ich. »Ich freu mich drauf.«

»Dann hoffe ich mal, dass du in zwei Tagen auch noch so cool bist«, sagt Gustav.

»Ich bin immer cool«, sage ich und fange an, die Sachen auf meinem Tablett zu inspizieren. Das Brot ist überhaupt nicht hart und schimmelig wie bei uns unten. Ich greife nach dem Schälchen mit dem braunen Zeug und schnuppere daran. Oh, das riecht aber lecker! Ich stupse meinen Finger rein und schlecke ihn ab.

»BOAH, SCHMECKT DAS GEIL!«, platzt es aus mir heraus.

Aber echt jetzt. Ich will gerade meinen Finger noch einmal in dieses köstliche Zeug tunken, als ich merke, dass es plötzlich mucksmäuschenstill geworden ist und alle mich anstarren.

»Herr von Turbsnatas!«, ertönt die Stimme von Hasenfuß.

Ich blicke mich um, er steht nicht weit entfernt von uns an einem Tisch, an dem nur Erwachsene sitzen.

»Ich wollte Sie in meiner kurzen Ansprache zum Abend ohnehin der Schülerschaft vorstellen«, sagt er. »Aber nun haben Sie bereits selbst auf sich aufmerksam gemacht. Bedauerlicherweise nicht auf positive Art und Weise, sondern mit zwei Regelverstößen gleichzeitig, die unter normalen Umständen entsprechende disziplinarische Maßnahmen nach sich ziehen würden. Da Sie nun aber neu in St. Fidibus sind, kann und möchte ich diese Verfehlungen nicht Ihnen ankreiden, sondern Ihrem Tischnachbarn, Herrn Wagner, der Sie auf unsere Regeln für das gemeinsame Essen hätte aufmerksam machen müssen.«

Es gibt Regeln für das Essen? Und ich habe gleich gegen zwei davon verstoßen? Was für Regeln sollen das denn sein? Darf einem hier das Essen nicht schmecken, oder wie?

»Also, Herr Wagner«, fährt Hasenfuß fort. »Gegen welche Regeln hat Herr von Turbsnatas verstoßen?«

Gustav steht auf.

»Essensregel Nummer zwei: Es wird erst gegessen, wenn Herr Dr. Hasenfuß uns nach seiner Ansprache dazu auffordert«, sagt Gustav. »Und Essensregel Nummer drei: Während des Essens wird nicht gesprochen.«

Wie bitte? Was sind denn das für bescheuerte Regeln? Bei uns sprechen alle während des Essens. Das ist doch saulustig. Vor allem, wenn der Mund vollgestopft ist und die anderen dann raten müssen, was man gesagt hat.

»Exakt, Herr Wagner«, sagt Hasenfuß. »Wenn Sie das so gut wissen, warum haben Sie Herrn von Turbsnatas nicht davon in Kenntnis gesetzt?«

»Ich habe es vergessen, Herr Dr. Hasenfuß«, antwortet Gustav.

»Immerhin sind Sie ehrlich«, sagt Hasenfuß. »Und welche Strafe folgt auf den Verstoß gegen diese Regeln?«

Gustav dreht sich zu mir.

»Wer gegen Regel Nummer zwei verstößt, muss seinen Nachtisch abgeben«, sagt er. »Wer gegen Regel Nummer drei verstößt, hat drei Tage lang Abräumdienst.«

»Korrekt, Herr Wagner«, sagt Hasenfuß. »Und da Sie versäumt haben, Herrn von Trubsnatas darauf hinzuweisen, trifft diese Strafe heute Sie. Geben Sie ihren Nachtisch bitte Ihrem Nachbarn und melden Sie sich nach dem Essen in der Küche.«

Gustav schiebt seinen Nachtisch nach links und setzt sich wieder.

»Das ist aber unfair«, flüstere ich. »Du hast doch nichts gemacht.«

»Das sind eben die Regeln hier«, sagt Gustav. »Dagegen kann man nichts machen. Ist aber okay, echt, kein Problem.«

Das finde ich überhaupt nicht. Wieso wird jemand für etwas bestraft, das er nicht getan hat? Da ist es in der Hölle wesentlich fairer – dort hat jeder seine Strafe verdient. Mit Ausnahme der Heavy-Metall-Fans natürlich.

»Nach dieser kleinen Verzögerung möchte ich Ihnen Herrn Turbsnatas nun doch noch in der Art und Weise vorstellen, wie es bei uns üblich ist«, sagt Hasenfuß. »Sein Vorname ist Vitus, er stammt aus der langen Linie eines ungarischen Adelsgeschlechts. Er ist elf Jahre alt und wird die sechste Klasse besuchen. Viel mehr weiß ich auch nicht über ihn, sein Vater war für ein persönliches Treffen leider zu beschäftigt. Aber ich bin mir sicher, er wird sich gut bei uns einfügen – wenn er erst einmal alle Regeln verinnerlicht hat. Bitte begrüßen Sie ihn gebührend.«

Alle Schüler stehen auf.

»WILLKOMMEN IN ST. FIDIBUS!«, rufen sie im Chor. »HIER LERNT EIN JEDER MIT GENUSS!«

Muss ich jetzt auch aufstehen? Und irgendwas sagen? Gibt's dafür auch eine Regel? Ich mache es lieber vorsichtshalber mal.

»Äh … ja … danke«, sage ich.

»Sehr schön«, sagt Hasenfuß. »Ihr dürft euch wieder setzen. Guten Appetit!«

Plötzlich stürzen sich alle auf ihr Essen. Geschirrklappern und Kaugeräusche erfüllen den Raum, niemand spricht ein Wort. Mir schräg gegenüber sitzt ein Junge, der auch kein Fleisch auf seinem Teller hat. Ich beobachte, wie er das leckere braune Zeug auf sein Brot schmiert, und mache es ihm nach. Als ich in das Brot beiße, muss ich mich beherrschen, nicht wieder laut loszubrüllen. Das schmeckt wirklich sensationell. Ich würde natürlich gerne wissen, wie das Zeug heißt, aber ich darf ja nicht fragen. Leider reicht es nur für ein Brot, also schmiere und lege ich alles auf die anderen beiden Scheiben, was mir zur Verfügung steht, auch den Grütze-Nachtisch. Und alles ist sehr, sehr lecker. Spätestens jetzt weiß ich, warum Onkel Gabriel mich um das Essen hier oben beneidet. Fünf Minuten später sind meine beiden Teller leer. Aber ich habe immer noch Hunger. Ein paar Jungs von meinem Tisch sind wohl schon satt, obwohl sie noch Brot haben, und schieben mir ihre Teller hin. Ich stopfe mir gierig sechs weitere Scheiben in den Mund – danach bin ich endlich satt. Sehr satt. Mein Bauch fühlt sich doppelt so dick an wie vorher. So voll war er bestimmt noch nie. Ein seltsames Gefühl macht sich in meinem Inneren breit. Das fühlt sich an, als ob irgendetwas aus meinem Körper herauswill. Aber mir ist nicht schlecht, ich muss nicht kotzen, das fühlt sich anders an. Es wird immer stärker und steigt nach oben.

Ich atme tief durch und öffne meinen Mund.

Huch, was war das denn? War ich das? Das hatte ich noch nie. Es wirkt irgendwie befreiend. Und klingt sehr lustig. So lustig, dass ich laut lachen muss. Die anderen lachen allerdings nicht. Sie starren mich mit offenen Mündern entsetzt an. Was ist denn? Ich habe doch gar

nicht geredet. Dieses lustige Geräusch kam einfach so aus meinem Mund, dafür kann ich doch nichts.

Hasenfuß steht auf und räuspert sich.

»Herr von Turbsnatas«, sagt er grimmig. »Ihr Status

als Neuankömmling hier in allen Ehren, aber das geht zu weit. Die öffentliche Zurschaustellung unziemlicher Körperfunktionen widerspricht jeglicher Etikette, und das sicherlich nicht nur hier in St. Fidibus. Deshalb schlage ich vor, dass Sie sich unverzüglich auf Ihr Zimmer begeben und den restlichen Abend damit verbringen, über Ihr mehr als ungebührliches Verhalten nachzudenken.«

Was ist denn das für ein Blödsinn? Ich soll den ganzen Abend lang über etwas nachdenken, wofür ich nichts kann?

»Aber das war doch keine Absicht«, sage ich. »Ich weiß auch nicht, was das war. Es ist einfach so aus mir rausgeflutscht.«

»Aha«, sagt Hasenfuß. »Und deshalb haben Sie sich im Anschluss wohl auch so köstlich darüber amüsiert?«

»Na ja«, sage ich. »Das war doch ein sehr lustiges Geräusch, deswegen musste ich lachen.«

»Wenn das Ihre Art von Humor ist, Herr von Turbsnatas, dann sollten Sie diese unbedingt ebenfalls heute Abend auf Ihrem Zimmer noch einmal gründlich überdenken«, sagt der Hasenfuß.

Okay, dann gehe ich eben auf mein Zimmer. Das hatte ich nach dem Essen sowieso vor. Ich stehe auf und trotte in Richtung Ausgang.

Als ich das Gebäude betrete, in dem mein Zimmer

liegt, sehe ich den Hausmeister. Er fegt immer noch die Treppe. Oder schon wieder?

»Guten Abend«, sage ich zu ihm.

»Guten Abend«, sagt er. »Ich habe etwas für dich auf dein Bett gelegt. Die zwei fünfzig kannst du mir morgen geben.«

»Oh, vielen Dank, das ist sehr lieb«, sage ich.

Der ist ja richtig nett, das hätte ich jetzt nach der ersten Begegnung nicht erwartet. Dann wartet also Schokolade oben in meinem Zimmer auf mich. So richtig freuen kann ich mich darüber aber leider nicht. Mein Magen ist so voll, da passt definitiv keine Schokolade mehr rein. Später vielleicht. Schokolade kann warten.

Noch ein Dämon

Okay, Kommando zurück, Schokolade kann nicht warten. So voll könnte mein Magen niemals sein, dass nicht noch ein Stück dieser wahnsinnig köstlichen Leckerei reinpassen würde.

Ich liege auf meinem Bett und genieße mittlerweile das zehnte Stück. Es schmeckt ähnlich wie das braune Zeug, das es zum Abendessen gab, da ist sicher auch Schokolade drin. Und der Tipp von Torben war klasse, wenn man Schokolade lutscht, schmeckt sie sogar noch besser.

Ich stopfe mir ein weiteres Stück in den Mund, als sich plötzlich etwas in mein Sichtfeld schiebt. Es ist eine kleine Spinne, die sich von der Decke abgeseilt hat. Sie landet genau auf der Schokolade.

»Hallo, Spinne«, sage ich. »Du willst wohl auch ein Stück Schokolade. Bedien dich, du kannst gerne einen von den Krümeln haben.«

Und tatsächlich, die Spinne macht sich an einem der Krümel zu schaffen. Lustig, ich hätte nicht gedacht, dass

Spinnen auf Schokolade stehen. Ich dachte immer, sie fressen nur Fliegen und andere Insekten.

Das sieht witzig aus, wie die kleine Spinne sich mit dem für sie viel zu großen Krümel abmüht. Sie bewegt ihn hin und her und versucht ihn zu greifen, um ihn mit nach oben zu ziehen, es klappt aber nicht. Ich zerteile den Krümel mit meinem Fingernagel, um ihr zu helfen, aber sie schafft es immer noch nicht.

»Du bist zu klein«, sage ich. »Das wird nichts. Beiß einfach ein Stück ab und lass es dir schmecken.«

»Okay«, sagt die Spinne.

Im nächsten Augenblick wird sie plötzlich so groß

wie meine Hand und stopft sich ein komplettes Stück Schokolade in den Mund.

Moment mal. Spinnen können doch nicht einfach so ihre Größe verändern. Und sprechen schon gar nicht. Außerdem kam mir die Stimme verdächtig bekannt vor. Ich betrachte sie mir genauer, während sie genüsslich die Schokolade mampft. Aha, dachte ich es mir doch. Sie hat zwei kleine Hörnchen auf dem Kopf. Das ist keine Spinne, das ist …

»Cornibus! Was machst du denn hier?«

»Cornibus Schlotzolade essen. Sehr lecker.«

»Ja, das sehe ich«, sage ich lachend. »Aber wie kommst du denn hierher? Du solltest doch zu Hause bleiben, du Schlingel.«

»Cornibus in Tasche versteckt. Ganz klein gemacht. Wie ein Floh. Luzie jetzt böse?«

»Nein, überhaupt nicht, im Gegenteil! Ich freue mich sehr, dass du hier bist! Los, verwandle dich schnell zurück, damit ich dich ordentlich knuddeln kann!«

Cornibus nimmt seine eigentliche Gestalt an und ich drücke ihn fest an mich. Oh, das tut gut, das ist sogar noch besser als Schokolade.

»Luzie Cornibus also nicht zurückschicken?«

»Auf gar keinen Fall!«, sage ich und kraule seinen Hinterkopf.

Selbst, wenn ich es wollte – ich wüsste gar nicht, wie ich ihn wieder zurückbringen sollte.

»Du bleibst schön hier«, sage ich. »Dann habe ich wenigstens einen Vertrauten. Aber du musst dich immer schön verstecken. Dich darf hier oben niemand sehen, sonst gibt es ganz sicher jede Menge Ärger.«

»Cornibus ganz brav. Immer verstecken. Niemand sehen. Großes Dämonen-Verbrechen!«

»Das heißt Versprechen«, sage ich. »Und ich kenne deine großen Dämonen-Versprechen, davon hast du noch nie eins gehalten. Aber diesmal ist es wirklich wichtig, Cornibus. Du darfst dieses Zimmer unter keinen Umständen verlassen. Niemals. Hast du das verstanden?«

»Nein. Aber vielleicht Cornibus besser verstehen mit mehr Schlotzolade.«

»Haha! Du bist und bleibst ein Schlitzohr!«, sage ich lachend und geben ihm ein Stück Schokolade. »Aber ich bin echt froh, dass du hier bist. So ganz ohne Dämonen würde ich wahrscheinlich bald wieder Heimweh kriegen und anfangen zu heulen.«

»Ist noch einer hier.«

»Wie? Was meinst du?«

»Noch ein Dämon.«

»Hier oben? Noch ein Dämon? Quatsch, das kann nicht sein. Das hätte mir Onkel Gabriel doch gesagt.«

»Ganz in der Nähe. Kann ihn spüren.«

Hm, seltsam. Dass Dämonen ihre Anwesenheit gegenseitig spüren können weiß ich. Aber wieso sollte sich ausgerechnet hier in der Nähe einer herumtreiben?

»Bist du dir sicher?«, hake ich vorsichtshalber nach. »Das ist jetzt keiner deiner Witze oder so?«

»Cornibus ganz sicher«, antwortet er. »Dämon hier. Größer als Cornibus. Und stärker.«

Sehr merkwürdig. Wenn das wirklich stimmt, wüsste ich natürlich gern, wer das ist und wo genau er sich aufhält. Vielleicht gibt er sich ja mal zu erkennen, das wäre nett. Aber jetzt freue ich mich erst einmal, dass mein geliebter Cornibus bei mir ist.

»Vielleicht ist er größer und stärker als du«, sage ich. »Aber er kann sich ganz bestimmt nicht in meine Lieblingskatze verwandeln.«

Cornibus verwandelt sich sofort und macht es sich auf meinem Bauch gemütlich.

»Lieblingskatze mag Schlotzolade«, sagt er wohlig schnurrend.

»Das dachte ich mir schon«, sage ich.

Ich gebe ihm das vorletzte Stück und lasse das letzte langsam lutschend auf meiner Zunge zerfließen. Eine schnurrende Katze auf dem Bauch und ein Stück Schokolade im Mund – schöner kann das Leben kaum werden.

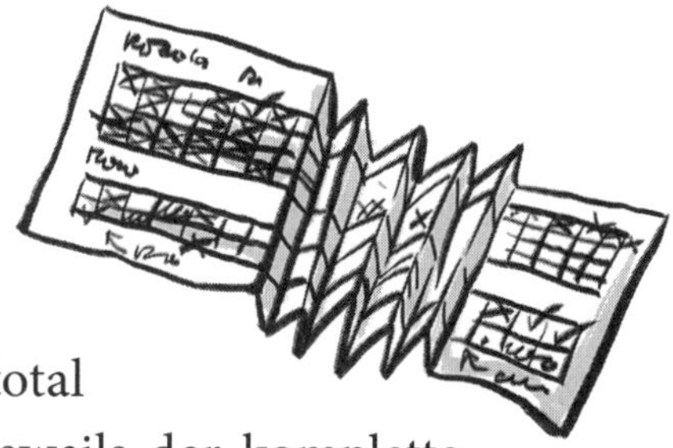

Morgen früh wird es jedenfalls garantiert nicht schöner, denn da fängt für mich der Unterricht an. Ich habe mir vorhin den Stundenplan angeguckt, die spinnen total hier. Von Montag bis Freitag ist jeweils der komplette Vormittag vollgepackt mit Unterricht, das ist absoluter Wahnsinn, so viel kann doch niemand lernen. Mathematik, Deutsch, Geschichte, Sozialkunde, Geografie und was weiß ich noch alles – manche Fächer hören sich verdächtig danach an, als hätte sie mein Vater höchstpersönlich erfunden, um Kinder zu quälen. Seufz. Aber das ist ja erst morgen, ich möchte heute nicht weiter daran denken. Heut will ich nur noch meine Lieblingskatze streicheln und den Schokoladengeschmack so lange wie möglich genießen. Ich darf morgen auf keinen Fall vergessen, mehr Schokolade zu kaufen.

»Luzie morgen mehr Schlotzolade?«

Okay, ich werde es ganz sicher nicht vergessen.

»Schlotzolade sehr gut für Cornibus.«

»Schokolade, Cornibus. Das heißt Schokolade.«

»Schlotzolade aber viel lustiger.«

»Das stimmt, Cornibus. Das stimmt.«

Von: darfkeinerwissen@hoelle.de
An: chef@hoelle.com
Betreff: Streng geheimer Geheimbericht 1

Junior gut angekommen.
Hat geheult, die Lusche.
Körperliche Probleme – lebendig sein ist nichts für Weicheier.
Beim Abendessen gleich Ärger mit Direktor gekriegt, eher aus Versehen, trotzdem guter Einstand.
Sein Hausdämon ist hier, hat sich in der Tasche versteckt. Soll ich ihn liquidieren?

Untertänige Grüße
XXX

Zurück von den Toten

Wo bin ich? Es ist so dunkel hier. Ach so, meine Augen sind geschlossen, das erklärt die Finsternis. Ich öffne sie. Es hat nicht geholfen, ich weiß immer noch nicht, wo ich bin. Ich sehe mich um. Ich liege auf einer schmalen Pritsche in einem kahlen Raum fast ohne Möbel. Neben der Pritsche steht noch ein kleiner Hocker, das war's dann aber auch schon. Wie bin ich hierhergekommen? Ich kann mich nicht daran erinnern, diesen Raum betreten zu haben. Woran kann ich mich überhaupt noch erinnern?

Nach dem Frühstück heute Morgen habe ich im Sekretariat einen ganzen Rucksack voller Schulsachen gekriegt, lauter Hefte und Stifte und zwei schwere Bücher waren auch dabei. Danach sind wir zurück in unser Gebäude und Gustav hat mir unseren Klassenraum gezeigt, dort finden fast alle Unterrichtsstunden statt außer Sport. Jeder sitzt auf einem festen Platz, meiner ist ziemlich weit hinten neben Gustav. Dann ist ein Mann hereingekommen und alle sind aufgestanden.

»GUTEN MORGEN, HERR HOLZAPFEL!«, haben sie gerufen.

Das war der Geschichtslehrer, hat Gustav mir verraten. Er war zuerst auch sehr nett und hat sich sogar bei mir persönlich vorgestellt, ohne mich zu siezen. Danach hat er aber gleich mit dem Unterricht angefangen, das fand ich nicht mehr so nett.

»Wer kann mir etwas über den römischen Diktator Julius Cäsar sagen?«, hat er gefragt.

»Ich!«, habe ich schnell gerufen.

Diesen Julius Cäsar kenne ich nämlich. Papa hatte unseren Weihnachtsbaum letztes Jahr mit lauter römischen Diktatoren geschmückt, das sah sehr lustig aus. Und dieser Julius Cäsar hing ganz oben an der Spitze, aber er hat nur gemeckert.

»Julius Cäsar mag keine Kerze auf seinem Kopf und kein Lametta an den Ohren!«, habe ich gesagt. »Dagegen ist er allergisch.«

Da hat Herr Holzapfel gelacht. Aber nur ganz kurz. Dann hat er gesagt, ich soll nicht so einen Blödsinn reden, mein Geschichtsbuch auf Seite 174 aufschlagen und dort alles über Julius Cäsar nachlesen.

Als ich das Buch aufgeschlagen und ein paar Seiten oben am Rand umgeblättert habe, durchzuckte plötzlich ein sehr fieser Schmerz die Kuppe meines Zeigefingers.

»Aua!«, habe ich geschrien.

Ich habe meinen Finger betrachtet. Er hatte einen kleinen Riss, aus dem langsam eine rote Flüssigkeit sickerte.

Gustav beugte sich zu mir herüber und betrachtete ebenfalls meinen Finger. »Oh, du hast dich am Papier geschnitten«, sagte er. »Das tut fies weh, ist mir auch schon passiert. Brauchst du ein Taschentuch für das Blut?«

Genau. Das ist das Letzte, woran ich mich erinnern kann. Gustav hat Blut gesagt. Und ich habe noch einmal meinen Finger angeguckt. Das rote Zeug war also Blut. Mein eigenes Blut. Ich blutete. Ich hatte vorher noch nie geblutet. Das konnte nicht gut sein. Bei uns unten kommen massenweise Leute an, die mit Blut verschmiert sind. Am Kopf, am Hals, am Bauch, an den Armen, überall ist Blut. Und die meisten sind gestorben, weil sie geblutet haben. Panik machte sich in meinem Brustkorb breit. Ich blutete. Ich musste sterben. Nach nur einem Tag hier oben hatte mich diese verflixte Sterblichkeit bereits erwischt. Mir wurde schwarz vor Augen. An mehr kann ich mich nicht erinnern – bis ich gerade eben in diesem komischen Raum aufgewacht bin.

Bedeutet das jetzt, dass ich gestorben bin? Nicht mehr am Leben? Tot? Ist das hier vielleicht so etwas wie eine Zwischenstation? Eine Art Wartezimmer? Wie geht es weiter? Komme ich zurück nach Hause? Oder hat der CEO etwa andere Pläne für mich?

Die Tür öffnet sich. Eine Frau in einem weißen Kittel und mit einem lustigen Hut auf dem Kopf kommt herein.

»Ah, da ist er ja wieder«, sagt sie und lächelt mich an. »Zurück von den Toten?«

»Von den Toten? Ich war also tot? Wo bin ich denn jetzt?«, frage ich panisch.

»Was? Nein, keine Sorge«, sagt die Frau. »Das sagt man doch nur so. Du warst ohnmächtig.«

Ohnmächtig? Was ist das denn nun wieder? Tot und doch nicht tot? Verstehe ich nicht. Aber offenbar ist das hier oben nichts Ungewöhnliches, also tue ich einfach so, als wüsste ich, wovon sie redet.

»Ach so«, sage ich. »Und wer sind Sie?«

»Du kannst mich Schwester Miriam nennen«, antwortet sie. »Ich kümmere mich hier auf St. Fidibus um kleinere Verletzungen und Krankheiten.«

Uff! Ich bin also noch im Internat und am Leben, sehr beruhigend.

»Du bist nicht der Erste hier, der den Anblick seines eigenen Bluts nicht ertragen kann«, fährt Schwester Miriam fort. »Aber ohnmächtig geworden ist bisher noch keiner.«

Ich betrachte meinen Finger. An der Stelle, die geblutet hat, ist er von irgendetwas umwickelt.

»Das Pflaster kannst du heute Abend wieder abmachen«, sagt Schwester Miriam. »Das ist nur zur Sicherheit, war ja bloß ein winziger Schnitt.«

Ein winziger Schnitt und schon fängt man an zu bluten? Sehr beängstigend.

»Steh doch mal bitte auf«, sagt Schwester Miriam.

Ich schwinge meine Beine von der Pritsche und stehe auf.

»Alles in Ordnung?«, fragt Schwester Miriam. »Ist dir schwindlig?«

Keine Ahnung. Wie fühlt sich das an, wenn einem schwindlig ist? Mein Kopf tut ein bisschen weh, aber das sage ich lieber nicht. Ich will raus hier. Es riecht so komisch.

»Nein«, sage ich. »Alles okay. Kann ich dann gehen?«

»Ja, geh ruhig«, sagt Schwester Miriam. »Draußen wartet schon jemand auf dich.«

»Okay, Tschüs«, sage ich. »Und vielen Dank, dass ich nicht tot bin.«

»Nichts zu danken, ich gebe mein Bestes, um euch am Leben zu halten«, sagt Schwester Miriam lachend. »Ich würde ja sagen, du solltest dich in Zukunft lieber von Büchern fernhalten. Aber das wäre sicher nicht im Sinne von Dr. Hasenfuß.«

Sie zwinkert mir noch zu, bevor ich den Raum verlasse. Draußen wartet bereits Gustav auf mich.

»Na, alles wieder okay?«, fragt er. »Du hast uns einen ganz schönen Schreck eingejagt, als du mit dem Kopf auf dein Pult geknallt bist.«

Aha, das erklärt dann auch meine Kopfschmerzen.

»Ja, mir geht's gut«, sage ich. »Ist mir auch ein bisschen peinlich. Aber ich wusste nicht, dass Bücher so gefährlich sein können.«

»Ach, das passiert dir bestimmt so schnell nicht noch einmal.«

Ganz sicher nicht. Ab jetzt fasse ich Bücher nur noch mit einer Zange an.

»Sollen wir rausgehen?«, fragt Gustav. »Es ist gerade Pause.«

Ich nicke und wir gehen zusammen nach draußen auf den großen Innenhof.

Dort tummeln sich in kleine Grüppchen aufgeteilt unzählige Jungs unterschiedlichen Alters. Manche spielen Fangen, andere Fußball und manche stehen einfach nur herum und essen irgendetwas.

»Da drüben sind wir«, sagt Gustav und zeigt auf eine der Gruppen.

Wir sind fast bei unseren Klassenkameraden angekommen, als uns jemand den Weg versperrt. Es ist dieser Torben von gestern Abend und er hat zwei seiner Kumpel dabei – der eine hat rote Locken, der andere eine grüne Mütze.

»Da ist er ja«, sagt Torben. »Ich suche dich schon die ganze Zeit. Hast wohl gedacht, du könntest dich verstecken?«

»Nein«, sage ich. »Ich war nur ohnmächtig. Und wieso sollte ich mich denn verstecken?«

»Weil du Schiss vor mir hast«, sagt Torben. »Alle hier haben Schiss vor mir.«

»Echt? Wieso denn?«, wundere ich mich. »Weil du so einen hässlichen Pulli anhast?«

»Jetzt fängt der schon wieder mit meinem Pulli an«, knurrt Torben. »Für einen Sechstklässler hast du eine ungesund große Klappe.«

»Lass ihn in Ruhe, Goldreich«, sagt Gustav. »Er weiß doch noch gar nicht, wie es hier läuft.«

»Verzieh dich, Wagner«, knurrt Torben. »Sonst bist du gleich mit dran.«

Gustav sieht mich fragend an.

»Schon okay«, sage ich. »Geh ruhig.«

Gustav entfernt sich langsam mit besorgtem Blick.

»Gut, jetzt zu uns«, sagt Torben und klatscht mit der rechten Faust in die linke Hand.

»Okay, sehr gern«, sage ich. »Ich will bei euch mitmachen.«

Die drei Jungs sehen mich verwirrt an.

»Wie, mitmachen?«, fragt Torben.

»Na, ihr seid doch die Bösen hier, oder?«, frage ich.

»Öh ...«, sagt Torben. »Klar. Wir sind die Bösen. Oder, Jungs?«

Die anderen beiden nicken.

»Sehr gut«, sage ich. »Ich bin nämlich auch böse. Aber da ist noch Potenzial nach oben. Und deswegen will ich bei euch mitmachen.«

Die drei sehen sich an und fangen an zu lachen.

»Du Knirps willst böse sein?«, fragt Torben. »Ich habe gehört, du wirst schon ohnmächtig, wenn du ein Buch anfasst.«

»Ich weiß, ich muss noch viel lernen«, sage ich. »Aber wenn ich schon etwas lernen muss, dann natürlich am liebsten von den Besten.«

Ein Lächeln huscht über Torbens Gesicht und er wird sogar ein bisschen rot. »Das hast du gut erkannt, dass wir die Besten sind«, sagt er. »Aber du bist ein mickriger Sechstklässler. Du kannst nicht bei uns mitmachen. Das ist nicht gut für unseren Ruf. Außerdem hast du bisher noch nichts Böses gemacht. Woher sollen wir denn wissen, was du draufhast?«

»Na ja«, sagt der Rothaarige. »Der Rülpser gestern Abend war schon nicht schlecht.«

»Ja«, sagt Mütze. »Das muss man erst mal bringen. Ich hab mich schlappgelacht.«

»Okay, zugegeben, das war nicht schlecht«, sagt Torben. »Aber ein einziger Rülpser reicht mir nicht.«

»Er kann ja noch mal rülpsen«, sagt der Rothaarige.

»Au ja«, stimmt Mütze ihm zu. »Das wäre saulustig.«

»Oh Mann«, stöhnt Torben. »Ihr immer mit eurem

Rülpsen. So lustig ist das auf Dauer auch nicht. Fällt euch nichts Besseres ein?«

Die beiden legen ein nachdenkliches Gesicht auf.

»Nein«, sagt der Rothaarige. »Etwas Besseres als Rülpsen fällt mir nicht ein.«

»Zweimal rülpsen«, schlägt Mütze vor.

»Und jetzt weißt du auch, wieso ich hier der Anführer bin«, sagt Torben seufzend zu mir.

»Ich könnte ja irgendwas anderes machen«, schlage ich vor. »Egal was, denkt euch was aus. Ich werde euch beweisen, dass ich böse bin.«

»Hm, so eine Art Mutprobe?«, sagt Torben. »Darüber könnte man nachdenken, da fällt mir sicher etwas ein. Was meint ihr, Jungs? Sollen wir dem Knirps eine Chance geben?«

»Von mir aus«, sagt der Rothaarige.

»Nichts dagegen«, sagt Mütze. »Aber rülpsen darf er trotzdem, oder?«

»Es wird nicht gerülpst«, sagt Torben genervt und wendet sich an mich. »Ich lasse mir bis heute Abend etwas Besseres einfallen und sag dir dann Bescheid.«

»Okay, prima«, sage ich. »Ich freu mich drauf. Dann bis heute Abend.«

Ich drehe mich um und will zu Gustav und den anderen Sechstklässlern gehen, aber Torben hält mich am Arm zurück.

»Moment mal«, sagt er. »Nicht so schnell. Da wäre immer noch die Sache mit meinem Pulli. Dir ist hoffentlich klar, dass ich dir das nicht so einfach durchgehen lassen kann. Du sagst jetzt ganz laut, so dass alle es hören können, mein Pulli ist wunderschön.«

»Kein Problem«, sage ich und hole tief Luft. »MEIN PULLI IST WUNDERSCHÖN!«

»Nein!«, fährt Torben mich an. »Doch nicht *dein* Pulli! *Mein* Pulli ist wunderschön!«

»Aber das stimmt doch überhaupt nicht, der ist potthässlich«, erwidere ich. »Und du hast gesagt, ich soll sagen: Mein Pulli ist wunderschön.«

»Nein, hab ich nicht!«, sagt Torben.

»Doch, hast du«, sagt der Rothaarige. »Ich hatte mich schon gewundert. Aber du bist ja schließlich hier der Anführer.«

»Aber ich meinte doch …«, versucht Torben zu erwidern, doch er wird von einem lauten Klingeln unterbrochen.

Ich kenne dieses Geräusch, das kam heute Morgen vor dem Unterricht auch schon einmal. Wenn es bei uns unten so laut klingelt, hat jemand vergessen, die Tür zu Abteilung 63 zu schließen – da sitzen die Fahrradweg-Zuparker unter einer riesigen Fahrrad-Klingel, die pausenlos bimmelt. Was es wohl hier zu bedeuten hat? Um uns herum strömen sämtliche Schüler auf die Eingänge der Gebäude zu. Aha, verstehe, das Klingeln ist wohl das Zeichen, dass die Pause vorbei ist.

»Wir sehen uns heute Abend, Knirps«, knurrt Torben.

Die drei trotten davon. Gustav kommt auf mich zu. »Da hast du ja noch mal Glück gehabt«, sagt er.

»Ja, habe ich«, sage ich. »Die lassen mich vielleicht bei sich mitmachen.«

»Du willst dich mit denen anfreunden?«, fragt Gustav mit skeptischem Blick. »Wieso das denn? Die sind total gemein.«

»Ich weiß«, sage ich grinsend. »Das ist ja das Tolle.«

»Hat dir schon mal jemand gesagt, dass du irgendwie seltsam bist?«

»Nein, bis jetzt noch nicht.«

»Du bist irgendwie seltsam.«

»Danke, das ist sehr nett von dir.«

Gustav schüttelt seufzend den Kopf. »Komm, wir haben jetzt Mathe«, sagt er.

Mathe. Das klingt irgendwie unangenehm. Hoffentlich gibt es da kein Buch. Sonst muss ich mir noch schnell eine Zange besorgen.

Wie Apfelmus

»Du willst wirklich alle zehn?«, fragt mich Herr Rosenberg mit großen Augen.

Na klar. Ich würde auch zwanzig nehmen, wenn zwanzig da wären. Schokolade kann man sicher nie genug haben.

»Ja, bitte«, sage ich.

»Nun gut«, sagt Herr Rosenberg und nimmt die Tafeln aus der kleinen Kiste hinter sich. »Das macht dann fünfundzwanzig Euro.«

Ich ziehe einen lila Schein aus meiner Hosentasche.

»Das ist ja ein Fünfhunderter!«, sagt Herr Rosenberg. »Den kann ich aber nicht wechseln.«

»Schon okay«, sage ich. »Behalten Sie den Rest. Ich kaufe bestimmt noch mehr Schokolade. Tschüs, Herr Rosenberg.«

Er sieht mir mit offenem Mund

hinterher, während ich mich von ihm entferne. Wie spät ist es eigentlich? Ich schaue auf meine Uhr. Was, schon Viertel nach drei? Cornibus ist bestimmt stinksauer. Er kann es gar nicht leiden, wenn ich ihn so lange alleine lasse. Aber ich konnte ja nicht ahnen, dass sich dieser komische Schulbetrieb hier bis in den Nachmittag zieht. Ich dachte, nach dem Unterricht vormittags wäre Schluss und ich könnte nach Cornibus sehen. Aber dann gab es gleich Mittagessen und danach mussten wir noch alle zusammen Hausaufgaben machen. Hausaufgaben. Ich dachte, ich höre nicht richtig. Was für ein Blödsinn. In Mathe, zum Beispiel. Da mussten wir lauter Rechenaufgaben lösen, zu denen der Lehrer sowieso schon die Lösungen weiß. Und in Geschichte sollten wir schriftlich zusammenfassen, was in diesem höllisch gefährlichen Buch schon mehr als ausführlich drinsteht. Total bescheuert. Aber wenn man diese Hausaufgaben nicht beim nächsten Mal mit in den Unterricht bringt und vorzeigt, gibt es Ärger, hat Gustav gesagt, also habe ich sie gemacht.

Jetzt kann ich aber endlich zu Cornibus. Und Schokolade habe ich auch dabei, dann kriegt er ganz schnell wieder gute Laune.

Als ich vor meinem Zimmer stehe, höre ich von drinnen ein beunruhigendes Geräusch.

»RRRRROOOOOOAAAAAAARRRR!«

Oje. Wahrscheinlich ist Cornibus gerade dabei, die Bude auseinanderzunehmen. Das macht er oft, wenn ihm etwas nicht passt.

Ich öffne die Tür.

Auweia! Damit hatte ich nicht gerechnet. Das ist ja noch schlimmer, als ich dachte. Viel schlimmer. Das ist eine Katastrophe.

Mitten im Zimmer steht ein überlebensgroßer, sehr wütend brüllender Tiger. Natürlich ist das Cornibus. Aber das ist nicht das Problem. Das Problem steht direkt vor ihm und heißt Aaron.

Ich schließe schnell die Tür hinter mir.

»Aaron«, sage ich. »Alles okay bei dir?«

»Bis auf die Tatsache, dass du einen Tiger auf dem Zimmer hast, der mich seit fünf Minuten anbrüllt, ja«, sagt Aaron. »Wobei ich nicht glaube, dass das wirklich ein Tiger ist. Tiger haben keine Hörner. Keine Hörner.«

Auch das noch. Er weiß, dass das kein Tiger ist. Es wäre schwer genug, zu erklären, dass sich ein Tiger auf meinem Zimmer befindet – aber für einen Tiger mit Hörnern gibt es wohl gar keine vernünftige Erklärung. Aaron ist allerdings erstaunlich cool. Ich hätte gedacht, dass Menschen panischer auf große Raubkatzen in ihrer Umgebung reagieren.

»Hast du denn gar keine Angst?«, frage ich ihn.

»Nein«, antwortet er. »Ich weiß nicht, was Angst ist. Das ist ein Gen-Defekt. Ich hatte noch nie Angst. Und wenn ich mich nicht bewege, wird mich dieses Wesen auch nicht zerfleischen. Das hat zumindest bis jetzt funktioniert. Lange halte ich diese Position allerdings nicht mehr aus. Ich muss dringend aufs Klo. Es wäre also von Vorteil, wenn du möglichst schnell Hilfe holst. Am besten jemanden mit einem Betäubungsgewehr. Ich möchte nicht, dass dieser Kreatur etwas passiert. Abgesehen von der von ihr ausgehenden Gefahr ist sie nämlich äußerst faszinierend und wunderschön. Wunderschön.«

Sehr sympathisch, dieser Aaron. Aber leider auch ein sehr großes Problem. Was mache ich denn jetzt? Ich kann keine Hilfe holen. Wenn ich Hilfe hole, geht es Cornibus an den Kragen. Und wenn er sich bedroht fühlt, verwandelt er sich in ein noch größeres Tier, das macht er immer so. Und wenn jemand sieht, wie er sich verwandelt, kommt heraus, dass er nicht von dieser Welt ist, und ich fliege gleich mit auf. Hilfe holen geht also nicht. Aber was dann? Mein Vater würde Aaron wahrscheinlich einfach aus dem Fenster werfen. Oder ihn mit irgendeinem Dämonenspruch explodieren lassen. Das wäre aber unfair, Aaron kann schließlich nichts dafür. Ganz davon abgesehen, dass ich gar keine Dämonensprüche draufhabe, und auch nicht weiß, wie … Oh! Das Buch! Das Buch, das mir Onkel Gabriel gegeben hat! Vielleicht steht da ja etwas drin, das mir helfen könnte!

»Bleib ganz ruhig stehen, Aaron«, sage ich. »Bleib stehen und beweg dich nicht. Ich kriege das irgendwie hin, versprochen.«

»Gut«, sagt Aaron. »Aber beeil dich. Ich weiß nicht, wie Tiger mit Hörnern auf den Geruch von Urin reagieren. Urin reagieren.«

Ich greife nach meiner Tasche und ziehe das Buch heraus.

Ich schlage das Buch auf und blättere hektisch darin. Auf jeder Seite steht ein Spruch oder ein Fluch. Die Stimme der Macht. Das Pfeifen der Fügsamkeit. Wie man das Haltbarkeitsdatum von Joghurt verlängert. Zwei bestellen, für eins bezahlen. Nein, das kann ich alles nicht gebrauchen. Ich blättere weiter.

»Ich störe ja nur ungern«, sagt Aaron. »Aber ich bin

mir nicht sicher, ob dies gerade die passende Zeit zum Lesen ist. Mein Harndrang wird proportional zu jeder verstreichenden Sekunde immer stärker. Immer stärker.«

»Ja, Moment, ich hab's gleich«, sage ich.

Oh! Das hier könnte etwas sein!

Der Furz des Vergessens

**Drück die Gase ins Gesicht,
dann erinnert man sich nicht.**

Wenn Aaron vergisst, dass er Cornibus als Tiger gesehen hat, wäre alles in Ordnung. Das wäre die perfekte Lösung. Jetzt müsste ich nur noch wissen, was ein Furz ist und wie genau das funktioniert. Ah, sehr gut, auf der nächsten Seite steht eine Beschreibung.

1. Luft anhalten und sämtliche im Körper befindliche Gase in den Po verlagern.
2. Pobacken zusammenkneifen und mit dem Hintern auf das Objekt zielen, das etwas vergessen soll.
3. Gase mit möglichst hohem Druck aus der dafür vorgesehenen Öffnung strömen lassen und dabei Folgendes laut rufen:

Gase in die Nase!
Macht im Hirn 'ne Blase!

Je nach Wucht und Fäulnisgrad des Furzes sollten sämtliche Geschehnisse der vergangenen zehn bis fünfzehn Minuten komplett aus dem Gedächtnis des Objektes gelöscht sein. Im Zweifelsfall Vorgang so oft wiederholen, bis das gewünschte Ergebnis erzielt wird.

Klingt eigentlich ganz einfach, das sollte ich hinkriegen.

»Ich hab's!«, sage ich zu Aaron. »Augenblick noch, dann sollte sich das Problem erledigt haben.«

Während ich schon mal die Luft anhalte, stelle ich mich mit dem Rücken zu Aaron, beuge meinen Oberkörper nach vorne und strecke ihm mein Hinterteil entgegen. Ein kurzer Blick durch meine Beine, um das Ziel besser anzuvisieren. Ja, das sieht gut aus.

»Was hast du vor?«, fragt Aaron. »Willst du seine Aufmerksamkeit durch alberne Körperhaltungen von mir auf dich lenken, damit ich die Flucht ergreifen kann, wenn er abgelenkt ist? Abgelenkt ist?«

»Genau!«, sage ich. »Genau das ist mein Plan!«

»Und was passiert dann mit dir? Mit dir?«, fragt Aaron.

»Mach dir um mich keine Sorgen«, antworte ich. »Ich hab alles im Griff.«

Zumindest hoffe ich das. Ich spüre ein ungewohntes Gefühl in meinem Hintern. So als würde sich dort Luft aufstauen, die unbedingt heraus will. Ich kneife die Pobacken fest zusammen.

»PFFFFFRRRRÖÖÖÖÖÖÖÖT!«, knattert es plötzlich laut aus meinem Hintern.

»Gase in die Nase!
Macht im Hirn 'ne Blase!«, rufe ich.

»Das ist … bestimmt auch keine … Lösung … Lösung«, sagt Aaron.

Dann werden seine Augen glasig und er schwankt leicht hin und her.

Ich gehe auf ihn zu und stupse ihn an. Keine Reaktion.

»Aaron? Aaron? Hörst du mich? Weißt du, wo du bist?«

Immer noch nichts. Es riecht nur auf einmal sehr eklig hier. Aber egal.

»Es scheint zu klappen«, sage ich. »Cornibus! Verwandle dich wieder in eine Maus und versteck dich unter dem Bett! Schnell!«

»Junge hat Cornibus erschreckt«, sagt Cornibus. »War plötzlich da. Cornibus wird nicht gern erschreckt.«

»Ja, ich weiß«, sage ich. »Aber er hat es sicher nicht böse gemeint. Los, verwandle dich! Und keinen Mucks mehr, bis er wieder draußen ist!«

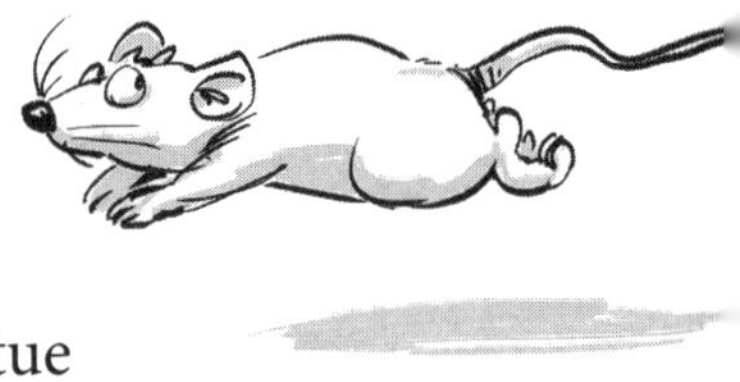

Cornibus wird zur Maus und flitzt unter das Bett. Ich lege mich obendrauf, schnappe mir ein Buch, schlage es sehr vorsichtig auf und tue so, als würde ich lesen. Es dauert noch einen Moment, dann werden Aarons Augen wieder normal und er sieht sich verwirrt um.

»Aaron!«, sage ich. »Schön, dass du mich besuchst! Kann ich dir irgendwie helfen?«

»Äh … Ich weiß nicht«, sagt er. »Ich bin ein wenig orientierungslos und mein Kopf fühlt sich an wie Apfelmus. Wie Apfelmus.«

»Das tut mir leid«, sage ich und meine es ernster, als er vermuten könnte. Von Nebenwirkungen für die Betroffenen stand nichts in dem Handbuch. Und von dem erbärmlichen Gestank, den diese Aktion mit sich führt, auch nicht.

»Seit wann bin ich denn hier? Denn hier?«, fragt Aaron.

»Du bist gerade reingekommen«, sage ich.

»Komisch. Daran kann ich mich überhaupt nicht erinnern. Nicht erinnern.«

»Du weißt also gar nicht mehr, was du hier wolltest?«

»Nein, ich habe nicht die geringste Ahnung. Ahnung.«

Sensationell. Dieser Furz des Vergessens funktioniert tatsächlich. Gut zu wissen, das kann ich bestimmt noch mal gebrauchen.

»Ach, nicht so schlimm, das passiert mir auch manchmal«, sage ich. »Da will man etwas machen und im nächsten Moment hat man es vergessen. Wenn es wirklich wichtig war, fällt es dir bestimmt wieder ein.«

»Ja, wahrscheinlich«, sagt Aaron. »Dann gehe ich jetzt am besten in mein Zimmer und komme gegebenenfalls zurück, wenn es mir wieder eingefallen ist. Es wäre übrigens erfreulich, wenn du bis dahin für Zufuhr frischer Luft sorgen könntest. Hier stinkt es bestialisch. Bestialisch.«

»Öh … ja, das ist mir auch schon aufgefallen«, sage ich. »Keine Ahnung, was das ist. Ich kümmere mich drum. Bis später dann. Tschüs.« Aaron schlurft langsam und sich nachdenklich am Hinterkopf kratzend aus dem Zimmer.

»Alles klar«, sage ich aufatmend, als er die Tür hinter sich geschlossen hat. »Kannst rauskommen, Cornibus.«

Cornibus kommt unter dem Bett hervor und verwandelt sich in seine ursprüngliche Form. »Cornibus will nicht erschreckt werden«, sagt er. »Hätte komischen Jungen fast gefressen. Cornibus Hunger. Luzie viel zu lang weg.«

»Ja, ich weiß«, sage ich. »Tut mir leid. Aber die spinnen hier mit ihrem Unterricht und den ganzen Hausaufgaben. Ich fürchte, das wird jetzt jeden Tag so sein.«

»Nicht gut«, sagt Cornibus. »Cornibus mag nicht allein sein. Mitkommen in Unterschicht.«

»Unterricht«, verbessere ich ihn. »Aber das geht leider echt nicht. Ich kann dich nicht mitnehmen. Das Risiko ist einfach zu groß. Wenn du dich da mal erschreckst und plötzlich verwandelst, könnten dich ganz viele Leute auf einmal sehen. Und ich bezweifle, dass der Furz des Vergessens bei mehreren Personen gleichzeitig funktioniert.« Wobei mir wieder der Gestank auffällt. Ich gehe ans Fenster und öffne es.

»Das Problem ist, dass man diese blöde Tür nicht abschließen kann«, sage ich. »Sonst wäre Aaron ja gar nicht reingekommen und du hättest dich nicht erschreckt. Hier kann leider jederzeit jemand reinspazieren. Du musst dich ab jetzt sofort in eine Maus verwandeln, wenn du draußen vor der Tür Schritte hörst. Das ist sehr wichtig, Cornibus. Hast du verstanden?«

»Cornibus immer sehr schlecht verstehen, wenn Cornibus Hunger«, sagt er brummelnd.

»Ach, so ist das«, sage ich grinsend. »Vielleicht hilft dir ja eine Tafel Schokolade beim Verstehen?«

Ich strecke ihm eine Tafel entgegen.

»Mit Schlotzolade Cornibus alles verstehen!«, sagt er und reißt das Papier von der Tafel.

»Das dachte ich mir. Wenn du dich in einen Waschbären verwandelst, kriegst du noch eine.« Ich liebe es, Cornibus als Waschbär beim Essen zuzusehen. Er hat dann so putzige Pfötchen, mit denen er sich über die Schokolade hermacht. Ich schiebe mir ebenfalls ein großes Stück in den Mund und kraule ihn hinter den Ohren.

»Ich muss später leider noch mal weg«, sage ich. »Erst zum Abendessen und danach noch etwas erledigen.«

»Okay. Aber Schlotzolade hierlassen.«

Ich bin ja schon sehr gespannt darauf, was Torben sich als Mutprobe für mich ausgedacht hat. Hoffentlich kriege ich es hin. Mein Blick fällt auf das Buch, das neben mir liegt. Vielleicht finde ich darin ja noch ein paar gute Dämonensprüche, die mir helfen können. Ich schlage es irgendwo auf. Der Tanz der Starre. Okay, klingt interessant, muss ich gleich mal lesen.

Bombe

»Kommst du noch mit?«, fragt mich Gustav. »Wir haben heute Computer-AG. Du hast doch gesagt, du interessierst dich für Technik.«

Ja, das stimmt, das habe ich heute Morgen zu ihm gesagt. Und es stimmt ja auch. Aber ich kann jetzt leider nicht mitkommen, Torben winkt mich zu sich und seinen Kumpeln heran. Es ist Zeit für meine Mutprobe und böse sein ist in diesem Fall wichtiger als Computer.

»Nein, tut mir leid«, sage ich. »Ich muss … Ich hab noch was zu erledigen. Aber nächstes Mal gerne.«

»Verstehe«, sagt Gustav leicht angesäuert. »Na ja, du musst wissen, was du tust. Dir ist aber hoffentlich klar, dass du nicht gleichzeitig mit denen und mit mir befreundet sein kannst.«

»Äh … ja … sorry«, sage ich zu Gustav. »Nächstes Mal, versprochen.«

Gustav wirft mir noch einen verächtlichen Blick zu und läuft weiter. Ich gehe zu Torben und den anderen.

»Na endlich«, sagt Torben. »Wir dachten schon, du

kneifst. Wenn du lieber mit den anderen Knirpsen im Sandkasten spielen willst, musst du es nur sagen.«

»Ein Sandkasten? Was ist das?«, frage ich. »Ich habe noch nie in einem Sandkasten gespielt.«

»Das ist die richtige Einstellung«, sagt Torben und klopft mir anerkennend auf die Schulter, ohne meine Frage zu beantworten. »Du bist also bereit?«

»Klar«, sage ich. »Was soll ich machen?«

»Okay, pass auf«, sagt Torben. »Siehst du das Mädchen da drüben?« Er zeigt auf den Verkaufsstand von Herrn Rosenberg. Dahinter steht jemand und wischt den Tresen mit einem nassen Lappen ab. Aha, das ist also ein Mädchen. Interessant. Sie scheint ungefähr in meinem Alter zu sein, wenn ich das richtig einschätzen kann. Das erste Mädchen, das ich hier oben sehe. Sie sieht irgendwie nett aus.

»Ich dachte, hier gibt es nur Jungs«, wundere ich mich.

»Das ist die Nichte vom alten Rosenberg«, sagt Torben. »Sie lebt bei ihm.«

»Und sie ist voll blöd«, sagt der Rothaarige.

»Alle Mädchen sind voll blöd«, stimmt ihm Mütze zu.

»Wieso?«, frage ich. »Was hat sie denn gemacht?«

»Ach, nichts«, grummelt Torben.

»Sie hat Torben beim Basketball nassgemacht«, sagt der Rothaarige. »Obwohl sie viel kleiner ist als er.«

»Und ein Mädchen«, fügt Mütze hinzu.

»Sie hat mich nicht nassgemacht«, knurrt Torben. »Das war nur Glück. Kein Mädchen macht mich beim Basketball nass.«

»Genau«, sagt der Rothaarige. »Und deswegen machst *du* sie jetzt nass.«

Er drückt mir einen Luftballon in die Hand. Ich kenne Luftballons. Die benutzen wir unten, um die Ewigen

Nörgler in Abteilung 46 zu bestrafen. Da quietschen die zuständigen Dämonen den ganzen Tag lang mit den Fingern über die Luftballons, damit die Nörgler sich selbst nicht hören können. Das ist ein sehr unangenehmes Geräusch, da drinnen halte ich es nie lange aus. Bei uns sind die Luftballons allerdings viel leichter. Dieser hier liegt schwer und schwabbelig in meiner Hand – offenbar wurde er mit irgendetwas anderem als Luft gefüllt.

»Was ist da drin?«, frage ich.

»Wasser«, sagt Torben. »Kannst du gut werfen?«

»Ich denke schon«, sage ich.

Bei uns unten habe ich manchmal mit ein paar Dämonen Schädel-Rugby gespielt, da hat das mit dem Werfen ziemlich gut geklappt.

»Okay«, sagt Torben. »Dann gehst du jetzt da rüber und feuerst der Kleinen die Wasserbombe ins Gesicht.«

»Warum?«, will ich wissen.

»Wie, warum?«, erwidert Torben. »Weil ich es sage.«

»Aber sie hat mir doch gar nichts getan«, sage ich.

»Das ist doch völlig egal«, sagt Torben. »Ich dachte,

du willst lernen, böse zu sein, und bei uns mitmachen. Da fragt man nicht warum. Du wolltest eine Mutprobe, jetzt hast du deine Mutprobe.«

»Es ist also mutig, wenn ich jemandem, der nicht damit rechnet, eine Wasserbombe ins Gesicht werfe?«, hake ich nach.

»Was? Nein, aber es ist böse«, sagt Torben genervt. »Das heißt doch nur Mutprobe, weil … Na, weil es eben so heißt. Machst du es jetzt oder nicht? Falls nicht, gehörst du zukünftig zu denen, die Wasserbomben ins Gesicht kriegen, das ist dir hoffentlich klar.«

»Ja, schon gut, ich mach's ja«, sage ich. »Soll ich von hier aus werfen?«

»Geh lieber ein bisschen näher ran«, sagt Torben. »Es muss ein Volltreffer werden.«

»Okay«, sage ich und gehe langsam auf das Mädchen zu.

So richtig verstanden habe ich das aber immer noch nicht. Ich dachte immer, zum Bösesein braucht man einen Grund. Ich habe aber nicht den geringsten Anlass, diesem Mädchen eine Wasserbombe ins Gesicht zu werfen. Ich kenne sie ja nicht einmal. Aber egal, ich mache das jetzt. Ich bin schließlich der Sohn des Teufels.

Die Wasserbombe hinter meinem Rücken versteckt, gehe ich weiter auf das Mädchen zu. Sie wischt immer noch die Theke ab. Ihr Blick fällt auf mich. Sie lächelt mich für eine Millisekunde an. Verflixt, warum hat sie das gemacht? Ich kann doch niemandem eine Wasserbombe ins Gesicht werfen, der mich anlächelt. Ich gehe noch ein paar Schritte auf sie zu. Jetzt lächelt sie mich schon wieder an.

»Hallo«, sagt sie. »Kann ich dir irgendwie helfen?«

Auch das noch. Sie hat mich direkt angesprochen. Was mache ich denn jetzt? Die Wasserbombe werfen und wegrennen?

»Äh … nein, danke«, sage ich und bleibe kurz vor dem Tresen stehen. »Ich … Ich stehe hier nur ein bisschen rum.«

»Du bist neu hier, oder?«, fragt sie.

»Ja«, sage ich. »Ich bin erst gestern angekommen.«

»Vitus, oder?«, fragt sie. »Mein Onkel hat mir schon von dir erzählt. Du kaufst ungesund viel Schokolade und bezahlst mit Fünfhundertern.«

»Ja, das bin ich«, sage ich. »Ich glaube allerdings nicht, dass etwas, das so lecker ist wie Schokolade, ungesund sein kann.«

»Das sehe ich genauso«, sagt sie und zwinkert mir zu. »Ich bin übrigens Lilly.«

Sie streckt mir ihre Hand entgegen. Ich ziehe meine rechte Hand automatisch hinter dem Rücken hervor, um sie ihr zu geben, vergesse dabei aber die Wasserbombe. »Oh, sorry«, sage ich.

»Was ist das?«, fragt sie.

»Das ist eine Wasserbombe«, antworte ich, weil mir so schnell keine Ausrede einfällt.

Sie wirft einen kurzen Blick über meine Schulter in Richtung Torben. Ihre Miene verfinstert sich. »Lass mich raten«, sagt sie. »Du hast dich unerklärlicherweise mit diesen Idioten angefreundet und sollst die Wasserbombe auf mich abfeuern.«

»Ja, sorry«, sage ich. »Ins Gesicht. Würde es dir etwas ausmachen? Du würdest mir einen großen Gefallen damit tun.«

»Für jemanden, der mir eine Wasserbombe ins Gesicht werfen will, bist du außergewöhnlich höflich«, sagt Lilly. »Wieso lässt du dich auf so einen Schwachsinn ein? Wenn dieser Depp unbedingt sehen will, wie ich eine Wasserbombe ins Gesicht kriege, soll er es gefälligst selbst machen. Aber das traut er sich natürlich nicht, dieser miese Feigling.«

»Na ja«, sage ich. »Ich fand das ja auch irgendwie blöd. Aber ich muss lernen, böse zu sein. Deshalb will ich bei den Jungs mitmachen. Und das mit der Wasserbombe ist sozusagen meine Aufnahmeprüfung.«

»Was ist das denn für ein Blödsinn?«, fragt Lilly. »Wieso musst du denn lernen, böse zu sein? So was Bescheuertes habe ich ja noch nie gehört.«

»Ach, das ist kompliziert«, sage ich. »Hat etwas mit meiner Familie zu tun. Mit meinem Vater hauptsächlich. Ich will, dass er stolz auf mich ist. Dann darf ich vielleicht auch schneller zurück nach Hause.«

»Dein Vater ist stolz auf dich, wenn du böse bist? Das klingt ja so, als wäre er ein richtiger Teufel.«

Nicht einer. *Der* Teufel. Aber das kann ich ihr natürlich nicht sagen.

»Böse sein hat bei uns Tradition«, sage ich. »Aber irgendwie kriege ich es nicht so richtig hin. Deshalb wäre es sehr nett von dir, wenn ich dir jetzt die Wasserbombe ins Gesicht werfen dürfte. Die Jungs gucken schon ganz ungeduldig.«

»Du willst böse sein? Da habe ich eine viel bessere Idee«, sagt Lilly grinsend. Sie beugt sich zu mir herüber und flüstert mir etwas ins Ohr. Aha. Okay. Ja, das ergibt Sinn.

»Alles klar?«, fragt Lilly mich und ich nicke.

Ich gehe ein paar Schritte rückwärts und hole mit der Wasserbombe in der Hand aus. Dann drehe ich mich ruckartig um und feuere das Ding in Richtung Torben ab. Die Flugbahn ist perfekt. Der Ballon senkt sich genau zum richtigen Zeitpunkt. Torben kapiert es erst, als es zu spät ist. Er schafft es gerade noch, seine Augen vor Entsetzen weit aufzureißen, als die Bombe direkt auf seiner Brust zerplatzt. Ein großer pechschwarzer Fleck breitet sich auf seinem Pulli aus. Sein Gesicht und seine

beiden Kumpel sind teilweise ebenfalls schwarz gesprenkelt. Sonst hat niemand etwas abgekriegt, das Gelächter ist riesengroß.

»Sag mal, spinnst du?«, plärrt Torben los. »So war das nicht abgemacht! Das ist Öl! Das geht nie wieder raus! Den Pulli kann ich wegschmeißen! Du hirnamputierter Vollidiot!«

»Sorry«, sage ich. »Das mit dem Öl wusste ich nicht. Du hast selbst gesagt, da wäre Wasser drin.«

»Das sollte eine Überraschung sein!«, keift er.

»Hat doch geklappt«, sage ich. »Ich bin ziemlich überrascht, damit hatte ich echt nicht gerechnet. Und dein Pulli sieht jetzt übrigens viel besser aus, ich würde das an deiner Stelle so lassen.«

»Haha, sehr witzig!«, sagt Torben. »Dafür wirst du bezahlen!«

»Kein Problem«, sage ich. »Ich habe Geld. Wie viel willst du?«

»Nicht mit Geld!«, brüllt er mich an. »Anders! Du wirst anders dafür bezahlen! Das wird dir noch sehr leidtun, das schwöre ich dir!«

»Glaub ich nicht«, sage ich. »Wieso sollte mir das leidtun? Das war doch total lustig. Und böse war es auch. Ich dachte, du stehst auf böse?«

»Ja, aber … aber doch nicht so! Du solltest böse zu ihr sein, nicht zu mir!«

»Aha «, sage ich. »Ich dachte, es ginge nur darum, böse zu sein. Ist es nicht egal, zu wem man böse ist?«

»Nein, ist es nicht!«, erwidert Torben.

Ach so. Das wusste ich nicht. Leid tun wird es mir trotzdem nicht. Ich finde, das wäre nicht halb so lustig gewesen, wenn Lilly die Ölbombe abgekriegt hätte. »Bedeutet das jetzt, dass ich nicht bei euch mitmachen kann?«, frage ich Torben.

»Bei uns mitmachen? Du tickst doch echt nicht mehr ganz richtig!«, sagt Torben fassungslos und wendet sich an seine Kumpel. »Jungs! Abmarsch!«

Die drei trotten davon.

Lilly kommt hinter dem Tresen hervor und stellt sich neben mich. »Tja, dann hast du jetzt wohl drei falsche Freunde weniger«, sagt sie kichernd. »Gut gemacht.«

»Du hattest recht«, sage ich. »Das war viel böser und hat viel mehr Spaß gemacht. Und das Beste ist: Ich habe überhaupt kein schlechtes Gewissen.« Das hätte ich nämlich mit Sicherheit gehabt, wenn ich die Bombe auf Lilly abgefeuert hätte – das hat sich von Anfang an nicht richtig angefühlt.

»Überleg dir das mit dem Bösesein lieber nochmal«, sagt sie. »Ich glaube, das ist nichts für dich, dafür bist du zu nett.«

Zu nett? Sie findet mich nett! Mein

Gesicht fängt an zu glühen. Oh nein. Hoffentlich wache ich nicht gleich wieder bei Schwester Miriam auf! Nein, es passiert zum Glück nichts weiter.

»Sag das lieber nicht meinem Vater«, sage ich zu Lilly. »Er hat mich ganz sicher nicht hierhergeschickt, damit ich zu nett werde.«

»Dir ist hoffentlich klar, dass du nicht alles machen musst, was dein Vater sagt? Ist schließlich dein Leben.«

Das stimmt wohl. Allerdings ist dieses Leben noch sehr neu und ziemlich verwirrend für mich. Und wenn man nicht macht, was mein Vater sagt, reißt er einen auch gern mal wortwörtlich in Stücke – dann würde ich hundertprozentig bei Schwester Miriam auf der Pritsche landen.

»Das ist alles nicht so einfach«, seufze ich. »Aber danke für den guten Rat, aber ich fürchte, mir kann niemand helfen, ich muss das irgendwie allein hinkriegen.«

»Wie du meinst«, sagt Lilly. »Ich muss dann mal los, mein Onkel wartet sicher schon auf mich. Bis demnächst mal, wir sehen uns.« Sie schnappt sich den Lappen und einen Eimer vom Tresen und läuft auf den Ausgang zu. Ich schaue ihr noch hinterher, bis sie nicht mehr zu sehen ist.

Von: darfkeinerwissen@hoelle.de
An: chef@hoelle.com
Betreff: Streng geheimer Geheimbericht 2

Junior ist ohnmächtig geworden. Kann sein eigenes Blut nicht sehen.
Sind Sie sicher, dass er wirklich IHR Sohn ist?
Wollte sich mit den bösen Jungs anfreunden. Hat es aber vermasselt. Viel zu weich, der Bursche. Hat sich von einem Mädchen einwickeln lassen. So wird das nichts.
Einziger Lichtblick: Hat Dämonenspruch richtig angewandt und ausgeführt.

Untertänige Grüße
XXX

Keinen Schmucks

»Die Multiplikation von Brüchen ist grundsätzlich nicht schwer«, sagt der Holzapfel. »Der Zähler wird mit dem Zähler multipliziert und der Nenner mit dem Nenner.«

Wie bitte, was? Die spinnen doch mit ihrer komischen Mathematik hier oben. Bruchrechnung. Bei uns unten ist das total leicht. Wenn da einer mit mehreren Brüchen ankommt, zählen wir sie einfach zusammen. Ein Nasenbruch plus zwei Beinbrüche plus drei gebrochene Rippen ergibt insgesamt sechs Brüche. Da muss nichts multipliziert werden.

»Vitus, wie wäre es mit dir?«, spricht mich der Holzapfel plötzlich an. »Möchtest du es mal versuchen?«

Na super. Wieso fragt er denn ausgerechnet mich? Ich habe mich doch überhaupt nicht gemeldet. Ist das überhaupt erlaubt?

»Öh … nein«, sage ich. »Möchte ich nicht.«

Gibt es keinen Dämonenspruch, der mich hier schnell und unauffällig rausteleportieren könnte? Oder wenn ich mich wenigstens in diese Fliege verwandeln könnte, die den ganzen Morgen lang schon um mich herumschwirrt. Die muss keine Bruchrechnung lernen, die hat's gut.

»Ach komm«, erwidert Holzapfel. »So schwer ist das wirklich nicht. Wie viel sind drei Siebtel mal fünf Achtel?«

Alle Augen richten sich auf mich.

»Äh … ja … Moment«, stammle ich auf der Suche nach der Antwort. »Also, das waren drei Siebtel … und dann noch fünf Achtel … Augenblick …«

»Cornibus weiß Lösung«, erklingt plötzlich eine mir sehr gut bekannte Stimme summend in meinem Ohr.

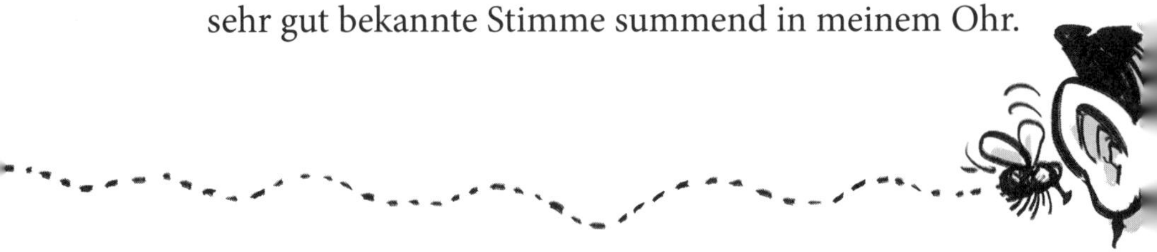

Ich zucke kurz erschreckt zusammen. Das war diese Fliege. Oder besser gesagt ein als Fliege getarnter Cornibus. Dieser verflixte Schlingel. Er muss heute Morgen rausgeflogen sein, als ich das Zimmer verlassen habe.

»Hau ab!«, zische ich ihm zu.

»Diesen Gefallen kann ich dir leider nicht tun«, sagt der Holzapfel. »Ich arbeite hier.«

»Was? Oh, sorry!«, sage ich. »Ich meinte nicht Sie!«

»Aha. Falls du die Bruchrechnung damit meintest,

diesen Gefallen wird sie dir sicher nicht tun. Versuch es doch wenigstens einmal, es ist wirklich nicht schwer.«

»Okay«, sage ich seufzend. »Also, drei Siebtel mal fünf Achtel …«

»Cornibus weiß Lösung!«, summt Cornibus wieder in mein Ohr. »Cornibus gut in Rechnen. Luzie wissen will?«

»Ja«, zische ich so leise wie möglich.

Er fliegt näher an mein Ohr heran und flüstert mir die Lösung zu.

»Drei Kilo achtzig!«, wiederhole ich seine Worte laut.

Alle fangen an zu lachen. Sogar der Holzapfel. Und von Cornibus ist auch ein leise summendes Kichern zu hören. Er hat mich reingelegt, dieser verflixte kleine Dämon.

»Dir wird das Lachen schon noch vergehen«, knurre ich leise. »Keine Schokolade für dich heute.«

»Doch!«, summt er zurück. »Drei Kilo achtzig!«

Den Rest der Stunde vertreibe ich mir, indem ich mit Papierkügelchen nach Cornibus spucke –

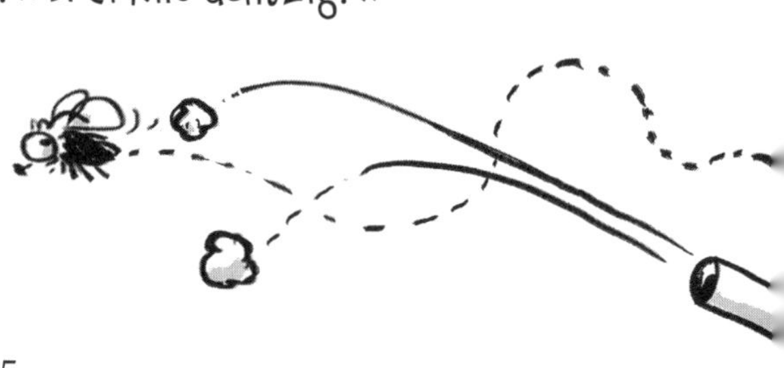

leider treffe ich ihn nicht. Dann klingelt es endlich. Ich verlasse den Klassenraum mit einer Fliege auf der Schulter.

»Du spinnst wohl!«, zische ich Cornibus zu. »Das war nicht lustig! Jemand hätte dich hören können! Du fliegst jetzt sofort zurück aufs Zimmer und versteckst dich unter dem Bett!«

»Zimmer langweilig«, summt Cornibus. »Draußen viel lustiger. Cornibus bei Luzie bleiben.«

»Nein, du bleibst nicht bei mir«, erwidere ich bestimmt. »Ich gehe jetzt essen. Da sind noch mehr Leute, die dich hören könnten.«

»Cornibus ganz leise. Macht keinen Schmucks.«

»Das heißt Mucks«, verbessere ich ihn. »Und das glaubst du doch selbst nicht. Los, zisch ab. Ich will dich nicht mehr sehen, bis ich nach den Hausaufgaben zurückkomme.«

»Aber Cornibus ...«

»Nix aber! Verschwinde! Und lass die Finger von der Schokolade! Sonst kriegst du nie wieder welche!«

Endlich hat er es kapiert, er entfernt sich tief brummend von mir.

Ich überquere den Hof in Richtung des Speisesaals und genieße die Sonnenstrahlen auf meinem Gesicht. In einer Ecke hinter einem kleinen Schuppen sehe ich Torben und seine Kumpel. Sie stehen um jemanden herum. Das ist Aaron. Seltsam, was hat er denn mit denen zu tun?

»Tut mir leid!«, höre ich ihn rufen. »Ich habe nicht mehr! Nicht mehr!«

Nicht mehr was? Ist das irgendein Spiel, das ich nicht kenne? Ich gehe neugierig näher heran.

»Das reicht aber nicht«, höre ich Torben sagen. »Der Preis für ein sorgenfreies Leben ist in dieser Woche um das Doppelte gestiegen. Ich brauche einen neuen Pulli. Los, her mit der Kohle!«

Torben boxt Aaron auf den Arm.

»Au!«, schreit Aaron. »Ich habe dir doch bereits zehn Euro gegeben! Mehr habe ich wirklich nicht! Wirklich nicht!«

»Dann musst du eben noch zehn besorgen«, knurrt Torben ihn an. »Und damit du das nicht vergisst, gibt es vorsichtshalber zehn Kopfnüsse von jedem von uns. Das macht deinem Kopf sicher nichts aus, bist ja eh schon ein kleiner Spast, da kann nichts mehr kaputtgehen. Los, haltet ihn fest.«

Der Rothaarige und Mütze schnappen sich jeweils einen von Aarons Armen und fixieren ihn in ihrer Mitte. Ich kann mir nicht helfen, aber es sieht irgendwie nicht so aus, als wäre das ein Spiel, das Aaron Spaß macht.

»Was macht ihr da?«, frage ich und gehe näher an die vier heran.

»Ah, du hast mir gerade noch gefehlt«, sagt Torben. »Stell dich hinten an, ich kümmere mich gleich um dich.«

Hinten anstellen? Wo denn? Kapier ich nicht.

»Du hast meine Frage nicht beantwortet«, stelle ich fest. »Was macht ihr da?«

»Der kleine Spast hier kann seinen wöchentlichen Beitrag zur Erhaltung des Rechtes auf einen Körper ohne blaue Flecken in St. Fidibus nicht bezahlen«, sagt Torben. »Und damit hat er dieses Recht verwirkt. Nicht wahr, Spast?«

Er boxt Aaron wieder auf den Arm.

»Es gibt ein Recht auf einen Körper ohne blaue Flecken in St. Fidibus?«, frage ich erstaunt. »Steht das auch in der Hausordnung?«

»Nein, natürlich nicht«, sagt Aaron. »Diese drei erpressen Geld von jüngeren Schülern. Und wer nicht bezahlt, kriegt blaue Flecken. Das ist ein krimineller Akt. Krimineller Akt.«

Verstehe. Die Jungs sind also mal wieder böse. Aber warum ausgerechnet zu Aaron? Er ist vielleicht ein bisschen seltsam, aber total lieb. Wie kann es denn Spaß machen, zu jemandem böse zu sein, der lieb ist? Irgendwie kapiere ich das mit dem Bösesein hier oben nicht so richtig.

»Schnauze, Spast«, sagt Torben und boxt Aaron noch einmal. »Wir sorgen nur dafür, dass dir nichts Schlimmes passiert. Wir verkaufen quasi Sicherheit. Stimmt's, Jungs?«

Der Rothaarige und Mütze nicken und lachen dreckig.

»Aha, okay«, sage ich. »Kann ich dann auch ein bisschen Sicherheit bei euch kaufen? Was kostet das?«

»Für dich gibt es keine Sicherheit«, sagt Torben. »Nicht nach gestern. Sicherheit ist für dich ausverkauft.«

»Ich frage doch gar nicht für mich, sondern für ihn«, sage ich und zeige auf Aaron. »Ich würde gerne Sicherheit für ihn kaufen.«

»So funktioniert das nicht«, sagt Torben. »Sicherheit ist nicht übertragbar, jeder kann nur für sich selbst bezahlen. Aber mach dir um den Spast keine Sorgen. Für ihn wird es nicht so schlimm wie für dich. Du wirst bluten. Ich werde dich zerquetschen wie diese Fliege da an der Wand.«

Er lässt seine flache Hand an die Wand neben ihm klatschen. Als er sie wieder wegnimmt, klebt dort eine Fliege. Mein Brustkorb schnürt sich zusammen. Mein Herz bleibt für einen Moment stehen und schlägt danach wie verrückt. Das ist Cornibus. Er ist natürlich nicht zurück aufs Zimmer geflogen, weil er nie auf mich hört. Und jetzt hat Torben ihn einfach so plattgemacht.

»NEEEEEEIIIIIIIN!«, schreie ich. »BIST DU WAHNSINNIG? DAS KANNST DU DOCH NICHT MACHEN!«

Ich stürze auf die Wand zu. Cornibus ist völlig zerdrückt und bewegt sich nicht. Doch! Eins seiner Beinchen hat gerade gezuckt! Er lebt also noch! Ich muss ihm schnell helfen!

»Guckt ihn euch an«, sagt Torben dreckig lachend. »Hat er nicht gesagt, er wäre böse? Und jetzt jammert er wegen einer blöden Fliege rum.«

Das ist keine blöde Fliege. Das ist mein bester Freund.

Und ich muss ihn so schnell wie möglich von hier wegbringen, damit er sich zurückverwandeln kann. Falls er dazu überhaupt noch fähig ist.

»Zurück zu dir, Spast«, sagt Torben und wendet sich Aaron zu. »Sonst kommen wir noch zu spät zum Essen.«

Mist. Ich kann Aaron nicht diesen Idioten überlassen, das wäre nicht richtig. Auch wenn er keine Angst hat, sie könnten ihm wehtun und allein hat er keine Chance gegen die drei. Wir müssen also beide sofort hier weg, sonst ist es für Cornibus vielleicht zu spät. Ich muss mir etwas einfallen lassen, und zwar schnell.

»Wieso nennest du ihn eigentlich immer Spast?«, frage ich Torben.

»Na, weil er einer ist«, sagt Torben. »Sieht man doch gleich. Ich kann ihn auch Opfer nennen, wenn dir das lieber ist.«

»Kennst du seinen richtigen Namen etwa nicht?«, will ich wissen.

»Nö«, sagt Torben. »Muss ich auch nicht. Interessiert mich nicht. Hauptsache, er bezahlt.«

»Also, ich finde schon, dass man die Namen der Leute kennen sollte, die man erpresst«, sage ich und nicke Aaron zu. »Vielleicht stellst du dich den Jungs einfach mal vor? Aber ganz schnell, wenn's geht. Sie müssen mich dann ja noch zerquetschen.«

»Ich wüsste zwar nicht, was das ändern soll, aber von mir aus«, sagt Torben. »Dann stell dich mal vor, kleiner Spast.«

Der Rothaarige und Mütze lassen Aaron los. Er geht zwei Schritte nach vorne, bis er direkt vor Torben steht.

»Mein Name ist Aaron«, sagt er. »Und ich bitte in diesem Fall *nicht* um Verzeihung. Verzeihung.«

Im nächsten Augenblick tritt er zu und trifft mit voller Wucht genau Torbens Schienbein.

»AAAAAAAH!«, schreit Torben auf und fängt an, auf einem Bein hin und her zu hüpfen.

Aaron wiederholt diese Prozedur im Eiltempo mit den anderen beiden Idioten. Bevor sie überhaupt kapiert haben, was passiert, hüpfen sie auch schreiend durch die Gegend.

»Sehr gut, Aaron!«, sage ich. »Das war perfekt!«

»Ich kann nichts dafür«, sagt Aaron. »Ich muss das machen, das ist ein Tick. Ein Tick.«

»Das weiß ich doch«, sage ich und zwinkere ihm zu. »Gut, dass man sich auf deinen Tick verlassen kann. Aber jetzt lass uns lieber schnell abhauen.« Ich kratze ganz vorsichtig Cornibus von der Wand und lege ihn in meine hohle Hand.

»Ich befürchte, diesem armen Geschöpf ist nicht mehr zu helfen. Zu helfen«, sagt Aaron.

»Ich muss es wenigstens versuchen«, sage ich. »Kann sein, dass ich es nicht zum Essen schaffe. Falls sich jemand wundert, sag einfach, dass ich keinen Hunger hatte.«

»Okay«, sagt Aaron. »Ich finde es bewundernswert, dass du die Fliege retten willst. Du bist ein guter Mensch. Guter Mensch.«

Nein, bin ich nicht. Ich bin der Sohn des Teufels. Und in dieser Hinsicht bin ich offenbar alles andere als gut. Wenn mein Vater mich jetzt sehen könnte, würde er wahrscheinlich mich an die Wand klatschen. Aber das ist mir egal, jetzt zählt nur Cornibus.

Aaron verschwindet in Richtung des Speisesaals, ich flitze in die andere Richtung.

»DAS BRINGT EUCH GAR NICHTS!«, ruft Torben uns hinterher. »WIR KRIEGEN EUCH NOCH! DARAUF KÖNNT IHR EUCH VERLASSEN! AU! DAS

TUT SO WEH! UND WIR WERDEN SCHIENBEINSCHÜTZER TRAGEN! DANN GEHT ES EUCH AN DEN KRAGEN!«

Zwei Minuten später stürme ich in das Zimmer, das ich eigentlich so schnell nicht wieder betreten wollte. »Schwester Miriam!«, rufe ich aufgeregt. »Sie müssen mir helfen!«

Schwester Miriam springt von ihrem Stuhl auf. »Was ist denn passiert? Bist du verletzt? Wo denn?«, will sie wissen. Ich strecke ihr meine Hand entgegen und öffne sie.

»An der Hand?«, fragt Schwester Miriam. »Wo denn genau? Ich kann nichts entdecken. Immerhin blutest du nicht, so schlimm kann es also nicht sein.«

»Es geht doch gar nicht um mich!«, erwidere ich und zeige auf meine Handfläche. »Bitte helfen Sie ihm!«

Schwester Miriam wirft einen skeptischen Blick auf Cornibus.

»Ihm? Das ist eine Fliege«, stellt sie fest.

»Nicht für mich! Für mich ist das mein bester Freund! Bitte machen Sie irgendwas! Sie können doch bestimmt etwas für ihn tun!«

Sie legt ihre Hand flach auf meine Stirn. »Du redest

wirr. Hast du Fieber?«, fragt sie. »Hast du vielleicht etwas Falsches gegessen? Könnte eine Lebensmittelvergiftung sein.«

»Nein, es geht doch gar nicht um mich, hab ich doch gerade schon gesagt! Sie müssen der Fliege helfen! Bitte!«

Schwester Miriam entfernt ihre Hand wieder von meiner Stirn.

»Fieber hast du jedenfalls nicht«, sagt sie. »Du meinst das also tatsächlich ernst? Ich soll der Fliege helfen?«

»Ja, bitte!«, flehe ich sie an.

Sie nimmt meine Hand und zieht sie vor ihr Gesicht. Dann stupst sie Cornibus vorsichtig mit einem Finger an. »Tut mir leid«, sagt sie. »Ich kann ihr nicht helfen. Diese Fliege ist tot.«

Nein, das kann nicht sein. Das ist doch Cornibus. Mein über alles geliebter Cornibus. Er darf nicht tot sein. Ich spüre, wie sich mein Hals zuschnürt und meine Augen feucht werden.

»Und dagegen kann man gar nichts machen?«, frage ich schluchzend.

»Nein, gegen den Tod sind wir alle machtlos«, sagt Schwester Miriam und streichelt mir tröstend über die Schulter. »Es tut mir sehr leid, dass deine Fliege gestorben ist. Vielleicht findest du ja bald eine neue, mit der du dich anfreunden kannst.«

Ganz sicher nicht. Cornibus war einmalig. So einen treuen Freund finde ich nie wieder. Das tut so weh. Innendrin, da tut alles weh. Ist das immer so, wenn jemand stirbt? Dann sollte man das mit dem Sterben aber ganz schnell abschaffen. Das ist nämlich das Traurigste, was ich jemals erlebt habe. Es gibt bestimmt nichts auf der ganzen Welt, das trauriger ist.

»Du kannst sie übrigens da drüben in den Mülleimer werfen«, sagt Schwester Miriam.

Was? Nein, auf keinen Fall. Ich kann doch Cornibus nicht einfach in den Mülleimer werfen. Ich werde ihn aufheben und mit nach Hause nehmen, wenn ich wieder runterdarf. Dann kriegt er einen Ehrenplatz in meinem Zimmer, damit ich ihn nie vergesse.

»Das möchte ich nicht«, sage ich. »Darf ich sie behalten?«

»Du willst eine tote Fliege behalten? Mach damit, was du willst. Ich muss ja nicht alles verstehen. Aber ich muss unbedingt nach einer Gehaltserhöhung fragen. Von Sterbebegleitung für Insekten stand nämlich nichts im Anforderungsprofil.«

Ich schließe meine Hand und verlasse schluchzend das Zimmer. Ich kann es immer noch nicht fassen. Cornibus ist tot.

Ein Trick?

»Ach, Cornibus. Wieso hast du nicht auf mich gehört? Du solltest doch zurückfliegen. Dann wärst du jetzt noch am Leben und wir könnten zusammen Schokolade essen.« Ich kann immer noch nicht aufhören zu heulen. Eigentlich hätte ich zum Essen gehen sollen, aber ich kriege sowieso nichts herunter. Ist das normal, dass man keinen Hunger hat, wenn jemand stirbt? Meine letzte Hoffnung war, dass Cornibus wieder aufwacht, wenn ich ihn auf ein Stück Schokolade lege, aber es hat nicht funktioniert. Jetzt habe ich ihm aus Schokoladenpapier eine kleine Schachtel gefaltet und ihn hineingelegt. Das würde ihm ganz sicher gefallen, wenn er es noch sehen könnte.

»Ich werde dich ganz schrecklich vermissen«, sage ich, obwohl er mich nicht mehr hören kann. »Ich weiß nicht, wo Dämonen hinkommen, wenn sie sterben. Bei uns unten sind jedenfalls keine. Ich kann nur hoffen, dass es dir gut geht, egal, wo du jetzt bist.«

»Cornibus gut gehen. Nur müde.«

Verdammt. Diese Traurigkeit lässt mich langsam durchdrehen. Jetzt höre ich sogar seine Stimme, obwohl er nicht mehr da ist. Aber das ist irgendwie schön, fast so, als könnte ich wirklich noch mit ihm reden.

»Ja, das kann ich mir vorstellen«, sage ich. »Sterben macht bestimmt sehr müde.«

»Wer gestorben?«

Oje, er hat es noch gar nicht realisiert, dass er tot ist.

»Du, Cornibus«, sage ich schluchzend. »Du bist gestorben.«

»Nein, nur geschlafen. Fliege sein macht müde. Aber jetzt Cornibus wach.«

Er will es nicht wahrhaben. So wie ich. Aber wer kann es ihm verdenken? Wenn ich tot wäre, würde ich es auch nicht glauben wollen.

»Das ist gut, Cornibus«, sage ich. »Das ist gut.«

»Nein, nicht gut. Wenn Cornibus wach, Cornibus Hunger. Noch Schokolade da?«

»Ja«, sage ich und es zerreißt mir fast das Herz dabei. »Du kannst die ganze Tafel haben.«

»Ganze Tafel? Luzie ist Bester! Cornibus hat Luzie sehr lieb!«

Tränen schießen wieder aus meinen Augen. Ich wische sie mir an meinem Ärmel ab. Als ich wieder vor mir aufs Bett gucke, sehe ich, wie eine Maus den Bettpfosten hochkrabbelt. Sie flitzt auf die Schokolade zu und fängt an, gierig daran zu knabbern.

»Luzie nicht weinen! Cornibus lässt Schokolade übrig! Zwei Stück!«

Moment mal. Das klang eben fast so, als hätte es die Maus gesagt.

Ich schnappe sie mir und setze sie auf meine Hand.

»Na gut«, sagt sie. »Luzie kriegt drei Stück.«

Ich halte die Maus näher an mein Gesicht und betrachte sie mir genau. Mein Herz bleibt wieder für einen Moment stehen. Sie hat zwei kleine Hörner! Ich kann sie ganz deutlich erkennen!

»CORNIBUS! DU LEBST!«, rufe ich und platze dabei fast vor Erleichterung und Freude. »DU BIST ÜBERHAUPT NICHT TOT!«

»Nein, Cornibus nicht tot«, sagt er mit vollen Mausbacken mampfend. »Wieso Luzie denkt das?«

»Ich dachte, das wärst du!«, sage ich und zeige auf die Fliege. »Ich dachte, du bist nicht zurückgeflogen und Torben hätte dich zermatscht! Weil du doch nie auf mich hörst!«

»Cornibus ganz brav gewesen. Zurückgeflogen und unter Bett versteckt. Wie Luzie gesagt hat. Will nicht, dass Luzie böse auf Cornibus ist.«

»Oh, ich werde bestimmt nie wieder böse auf dich sein! Ich bin so froh, dass du noch lebst!«

»Cornibus auch froh«, sagt er und grinst über sein ganzes kleines Mäusegesicht.

»Los, verwandle dich ganz schnell wieder in einen Dämon zurück, damit ich dich ordentlich an mich drücken kann!«

Cornibus verwandelt sich und ich drücke ihn fest an mich. Oh, wie gut das tut. Ich dachte, ich würde das nie wieder machen können.

»Und weißt du, was wir jetzt machen?«, frage ich ihn.

»Ja. Mehr Schokolade essen«, sagt er.

»Nein, viel besser! Es ist so schön da draußen. Wir laufen einfach los und erkunden ein bisschen die Gegend, so wie bei uns zu Hause. Was hältst du davon?«

»Oh ja! Cornibus gern draußen! Schön warm! Aber muss Luzie nicht Hausaufgaben?«

Stimmt, die blöde Hausaufgabenstunde. Da müsste ich jetzt eigentlich hin. Ich habe aber keine Lust. Ich will viel lieber mit meinem gerade von den Toten auferstandenen besten Freund nach draußen. Und das mache ich auch. Es wird ja wohl mal einen Tag ohne Hausaufgaben gehen – bisher habe ich sie sowieso immer falsch gemacht.

»Ach, Blödsinn, Hausaufgaben«, sage ich. »Wir gehen jetzt raus. Wir müssen nur aufpassen, dass uns keiner sieht. Am besten, du verwandelst dich in etwas ganz Kleines, damit du in meine Hosentasche passt. Aber bitte nicht in eine Fliege, das ist zu gefährlich. Ich will deinen Tod nicht noch mal erleben.«

»Cornibus macht Floh. Kleiner geht nicht.«

»Ja, ein Floh ist gut.«

»Braucht Luzie noch?«, fragt Cornibus und zeigt auf die tote Fliege.

»Nein. Warum?«

»Tote Fliege lecker«, sagt Cornibus und steckt sie sich in den Mund. »Mjam-mjam. Lag auf Schokolade. Noch mehr lecker.«

»Guten Appetit«, sage ich leicht angeekelt. Cornibus verwandelt sich in einen Floh und hüpft in meine Hosentasche.

Fünf Minuten später schleiche ich hinter Herrn Rosenberg vorbei, der gerade den Hof fegt. Ein kurzer Sprint bis zum Eingangstor, dann schnell um die Ecke geflitzt und schon bin ich draußen. Ich laufe einen schmalen Feldweg entlang. Als das Schulgelände ein ganzes Stück weit hinter mir liegt, lasse ich Cornibus aus meiner Tasche hüpfen. »Verwandle dich am besten in einen Hund«, sage ich. »Das ist wahrscheinlich am unauffälligsten. Zumindest, bis wir da vorne in dem Wald sind. Da kannst du dann machen, was du willst, da sieht man uns nicht schon von Weitem. Aber du darfst auf keinen Fall sprechen, okay?« Cornibus verwandelt sich in einen Schnauzer und bellt einmal kurz als Antwort.

Wir laufen weiter auf den Wald zu. Die Sonne, die Bäume, das

Gras, die frische Luft – es ist echt toll hier oben, das muss ich schon zugeben. Cornibus rennt und springt und kläfft wild herum, ihm scheint das auch Spaß zu machen. Und im Wald ist es sogar noch schöner. Das Sonnenlicht funkelt lustig durch die Baumkronen, der Boden knirscht unter meinen Füßen, überall zwitschert oder raschelt es im Gebüsch. Cornibus tobt sich jetzt richtig aus. Er hüpft als Eichhörnchen von Ast zu Ast, rast als Wildschwein durchs Gestrüpp und fliegt als Krähe in

die höchsten Baumwipfel. Als er nach einer Weile erschöpft vom vielen Toben ist, verwandelt er sich in ein Känguru und hopst gemütlich neben mir her.

Ein paar Meter vor uns biegt der Waldweg scharf nach rechts ab. Als wir um die Ecke sind, kommt uns jemand entgegen – es ist Lilly. Sie trägt einen Schulranzen auf dem Rücken und pfeift fröhlich vor sich hin. Als sie mich sieht, lächelt sie und winkt mir zu. Dann fällt ihr Blick auf Känguru-Cornibus und sie hört auf zu lächeln. Mist. Soweit ich weiß, ist ein Känguru nicht unbedingt ein typisches Waldtier. Und schon gar keins, das mit einem Menschen spazieren geht. Ich gebe Cornibus einen Stups mit dem Fuß.

»Los«, zische ich ihm zu, ohne meine Lippen zu bewegen. »Verwandle dich in einen Hund. Schnell.«

Cornibus ist jetzt wieder der Schnauzer und Lilly kommt mit erstaunter Miene langsam auf uns zu. »Hallo, Vitus«, sagt sie und zeigt auf Cornibus. »Das … das war doch eben noch ein Känguru.«

Mist, sie hat es mitgekriegt.

»Was? Ein Känguru? Kann doch gar nicht sein«, erwidere ich. »Da hast du dich verguckt.«

»Nein, ganz sicher. Das war ein Känguru. Und dann war es plötzlich ein Hund.«

»Geht's dir nicht gut?«, frage ich. »Vielleicht hast du Fieber?«

»Nein, ich habe kein Fieber«, sagt Lilly. »Hier war bis

eben noch ein Känguru, hundertprozentig. Ich weiß doch, was ich gesehen habe.«

»Das war vielleicht das Licht hier im Wald«, sage ich. »Das flackert so, da kann man sich schnell mal täuschen.«

»Ich habe mich aber nicht getäuscht«, sagt sie beharrlich. »Dieser Hund war ganz sicher ein Känguru. Und außerdem: Wieso läufst du hier überhaupt mit einem Hund rum? In St. Fidibus sind Haustiere streng verboten.«

Als Cornibus das hört, verwandelt er sich auf der Stelle in einen Floh. Zumindest vermute ich das, er ist plötzlich nicht mehr zu sehen. Ich weiß, er meint es gut, aber das macht es jetzt nicht unbedingt besser.

»Wo ist jetzt der Hund?«, fragt Lilly sichtlich verwirrt. »Der kann doch nicht einfach so verschwinden. Was ist denn hier los?«

Okay, da hilft wohl nur noch eins.

»Warte«, sage ich. »Ich erklär's dir gleich. Bleib da stehen.«

Ich drehe mich um, bücke mich und strecke ihr mein Hinterteil entgegen. Ich muss mich einen Moment lang stark konzentrieren, aber dann klappt es.

PFFFFRRRRRRÖÖÖÖÖT!

»Gase in die Nase!«, rufe ich. »Macht im Hirn 'ne Blase!«

Als ich mich wieder umdrehe, steht Lilly mit vor der Brust verschränkten Armen da und sieht mich fassungslos an.

»Sag mal, spinnst du?«, keift sie los. »Hast du mich eben etwa angefurzt? Und das auch noch absichtlich? Du tickst ja wohl nicht mehr ganz richtig!«

Oh. Es hat nicht funktioniert. Wieso hat es nicht funktioniert? Vielleicht, weil sie ein Mädchen ist? Kann es sein, dass Dämonensprüche bei Mädchen nicht funktionieren? Wieso sagt mir das keiner?

»Öh … sorry!«, sage ich. »Das … das war nicht böse gemeint! Das war nur … ein Trick. Hat aber nicht funktioniert, tut mir echt leid!«

»Ein Trick?« Lilly sieht mich sehr skeptisch an. »Das mit dem Känguru auch?«, fragt sie. »War das auch ein Trick?«

Ich weiß zwar nicht, worauf sie hinauswill, aber wenn das als Erklärung funktioniert, warum nicht? »Ja«, sage ich bestimmt. »Das war auch ein Trick. Definitiv.«

»So was wie eine Illusion?«, hakt sie nach.

»Genau«, stimme ich zu. »Eine Illusion. Das Känguru war eine Illusion.«

»Das heißt, du bist so eine Art Zauberer?«

Zauberer? Ich kenne Zauberer. Abteilung 32. Da sitzen bei uns die Schlechten Zauberer. Sie müssen sich vierundzwanzig Stunden pro Tag gegenseitig ihre schlechten Tricks vorführen. Das ist echt Folter. Und jedes Mal, wenn einer von ihnen ein Kaninchen aus seinem Hut hervorzaubert, kackt es ihm auf den Kopf. Nein, ein Zauberer möchte ich eigentlich nicht sein. Aber wenn es mir jetzt aus der Patsche hilft, nichts dagegen.

»Ja«, sage ich. »Ich bin ein Zauberer. Aber ein guter, kein schlechter.«

»So, so«, sagt Lilly und sieht mich skeptisch an. »Dann erklär mir doch bitte mal, wie du das eben gemacht hast. Das Känguru sah absolut echt aus und der Hund auch. Aber wahrscheinlich sagst du jetzt gleich, dass du mir das nicht erklären kannst, weil Zauberer ihre Tricks nicht verraten dürfen.«

»Äh … genau«, sage ich. »Das ist streng geheim.«

»Ich glaub dir kein Wort«, sagt Lilly. »Irgendwas stimmt mit dir nicht. Aber das kriege ich schon noch raus. Jetzt muss ich aber nach Hause. Mein Onkel macht sich immer sehr große Sorgen, wenn ich zu spät bin. Kommst du mit zurück oder willst du hier noch ein bisschen rumzaubern?«

»Äh, nein«, sage ich. »Genug gezaubert für heute, ich komme mit.«

Wir laufen zusammen zurück zur Schule. Ist Cornibus eigentlich noch in meiner Nähe? Ich würde ihn nur sehr ungern hier im Wald … AU! Okay, er ist da, er hat mich eben in die Wade gebissen.

Als wir den Schulhof betreten, ist die Hausaufgabenstunde gerade vorbei und etliche Schüler tummeln sich draußen. Sehr gut, dann muss ich mich nicht unauffällig reinschleichen.

Vor dem Eingang zur Hausmeisterwohnung bleibt Lilly stehen.

»Okay«, sagt sie. »Ich muss hier rein. Du kannst mir gern Bescheid sagen, wenn du das nächste Mal in den Wald zum Zaubern gehst. Da würde ich sehr gerne zugucken.«

»Äh, ja … vielleicht«, sage ich. »Ich weiß noch nicht, wann ich …«

»HEY! KNIRPS!«, unterbricht mich eine Stimme von hinten.

Ich drehe mich um. Ein paar Meter entfernt überqueren gerade Torben und seine Kumpel den Schulhof.

»HEUTE ABEND BIST DU FÄLLIG!«, ruft Torben mir zu. »DANN HILFT DIR AUCH KEIN SPASTIFREUND MEHR!«

Die drei laufen dreckig lachend weiter.

»Was war das denn?«, fragt Lilly argwöhnisch. »Hast du immer noch Ärger mit diesen Idioten? Brauchst du Hilfe?«

»Nein, nein, alles okay«, sage ich. »Mit denen werde ich schon fertig. Die sind gar nicht so böse, wie sie immer tun. Sie sind eigentlich eher feige.«

»Genau das ist ja das Problem mit solchen Mistkerlen«, sagt Lilly. »Natürlich sind sie feige, aber das macht sie so gefährlich. Du solltest sie nicht unterschätzen, die können ganz schön fies sein.«

»Keine Sorge, mit fies kenn ich mich aus.«

»Na gut. Aber pass bitte auf, ja?«

»Klar, mach ich.«

Wir verabschieden uns und ich mache mich auf den Weg zu meinem Zimmer. Heute Abend bin ich also fällig. Was auch immer das bedeuten mag. Keine Ahnung, was die vorhaben. Ich bin gespannt. Vielleicht kann ich ja doch noch etwas von ihnen lernen. Oder sie von mir.

Hypomabuse?

Auweia. Das gab jetzt aber richtig Ärger. Hasenfuß hat nach dem Abendessen gesagt, ich soll noch einen Moment dableiben. Und dann hat er mir einen Riesen-Anschiss verpasst, weil ich die Hausaufgabenstunde geschwänzt habe. Das darf man offenbar nur, wenn man sich vorher abmeldet. Und dazu braucht man auch noch einen triftigen Grund, hat er gesagt. Schönes Wetter ist kein triftiger Grund, das habe ich versucht. Zur Strafe muss ich jetzt eine ganze Woche lang die Tische abräumen und die Hausaufgaben trotzdem noch machen, allein in meinem Zimmer. Wie soll man denn bitte alleine Hausaufgaben machen? Da hat man doch gar niemanden, bei dem man abschreiben kann. Na ja, egal, irgendwie kriege ich das schon hin.

Ich steige die Treppen zu unserem Flur hoch. Oben angekommen biege ich gerade in unseren Flur, als ich hinter mir ein Klatschgeräusch höre. Ich drehe mich um und sehe Torben und seine beiden Kumpel vor mir stehen. Ach stimmt, da war ja noch was, daran habe ich gar nicht mehr gedacht. Torben lässt seine rechte Faust in seine linke Hand klatschen.

»Da bist du ja endlich«, sagt er. »Wir dachten schon, du hast dich vor lauter Schiss beim Hasenfuß verkrochen.«

»Nein«, sage ich. »Ich habe euch einfach nur vergessen.«

»Jetzt tu doch nicht so cool«, sagt Torben. »Du hast doch die Hosen voll, das rieche ich bis hier.«

Ich beuge mich nach unten und schnuppere an meiner Hose.

»Also, ich rieche nichts«, sage ich. »Vielleicht kommt das von einem deiner Jungs.«

Der Rothaarige schnuppert an der Hose von Mütze, Mütze gibt ihm einen Klaps auf den Hinterkopf.

»Was passiert denn jetzt hier?«, frage ich. »Dauert das lang? Ich muss noch Hausaufgaben machen.«

»Ach, guck an, der kleine Streber«, sagt Torben. »Fängt gleich an zu heulen, weil er Hausaufgaben machen will. Vergiss die Hausaufgaben. Wenn wir mit dir fertig sind, kannst du froh sein, wenn du durch deine blauen Augen überhaupt noch etwas siehst.«

»Meine Augen sind schwarz, nicht blau«, stelle ich richtig. »Na, dann fangt mal an. Ich bin sehr gespannt, ob ihr auch wirklich böse sein könnt oder euch wieder mal nur feige an Schwächeren vergreift.«

»Wir sind nicht feige«, sagt Torben knurrend. »Wir sind nur übermächtig. Los, schnappt ihn euch!«

Der Rothaarige und Mütze stürzen sich auf mich und klammern links und rechts meine Arme ein, damit ich mich nicht mehr bewegen kann.

»Schön festhalten«, sagt Torben.

Dann holt er aus und rammt mir mit Anlauf seine Faust in den Magen. Oha. Damit habe ich nicht gerechnet. Mit dem Schmerz, meine ich. So fühlt sich also rohe Gewalt an. Sehr effektiv, das muss ich zugeben. Aber durch und durch feige ist es trotzdem und somit auf keinen Fall meine Art von erstrebenswerter Bosheit. »Machst du … das auch … bei einem Zehntklässler … der zwei Köpfe größer … als du ist … und nicht festgehalten wird?«, frage ich.

»Nein«, sagt Torben dreckig grinsend. »Ich bin doch nicht blöd.«

Er holt zum nächsten Schlag aus.

»Lasst ihn sofort los!«, ertönt eine Stimme hinter ihm. Das ist Lilly. Torben dreht sich zu ihr um.

»Drei gegen einen«, sagt Lilly. »Schämt ihr euch nicht?«

»Nö«, sagt Torben. »Außerdem sind es ja jetzt drei gegen zwei. Ich habe übrigens kein Problem damit, Mädchen zu schlagen.«

»Das sieht dir ähnlich«, sagt Lilly. »Ich habe übrigens kein Problem damit, euch bei Hasenfuß zu verpfeifen.«

»Uh, jetzt hab ich aber Angst!«, sagt Torben lachend. »Der Hasenfuß ruft dann bestimmt gleich meine Eltern an und sagt ihnen, sie sollen die großzügige Spende für den neuen Sportplatz wieder zurückziehen.«

»Hau lieber ab, Lilly«, sage ich. »Du hast damit nichts zu tun. Das krieg ich schon alleine hin.« Ich will nicht, dass ihr meinetwegen etwas passiert, das würde ich mir nie verzeihen.

»Vergiss es«, sagt Lilly. »Ich lass dich nicht mit diesen Schwachköpfen allein.«

Der Rothaarige hat seinen Griff um meinen Arm gelockert. Ich reiße mich von ihm los und bekomme den anderen Arm auch frei. Ich schnappe Lilly und ziehe sie ein Stück von den Jungs weg.

»Lass mich das machen«, sage ich zu ihr. »Es gibt keinen Grund, dass du dich auch in Gefahr begibst.«

»Hör auf den Knirps«, sagt Torben. »Es geht hier nicht um dich. Wenn du jetzt abhaust, passiert dir nichts. Renn zu deinem dämlichen Hausmeister-Onkel und lass dir eine Gute-Nacht-Geschichte vorlesen.«

»Mein Onkel ist nicht dämlich«, knurrt Lilly. »Und ich bleibe hier. Vitus ist mein Freund. Ich werde ihn nicht im Stich lassen.«

Was war das? Hat sie gerade gesagt, ich bin ihr Freund? Obwohl sie mir das mit dem Zaubern nicht abgenommen hat? Ich hatte noch nie einen Freund. Außer Cornibus, natürlich. Wie cool!

»Ich auch nicht«, ertönt eine Stimme hinter uns. »Auch nicht.«

Aaron ist aus seinem Zimmer gekommen. Er stellt sich neben uns. Oje. Jetzt auch noch Aaron. Er sieht so aus, als würde er einen Schlag in die Magengrube wahrscheinlich nicht überleben.

»Schon okay, Aaron«, sage ich. »Geh zurück auf dein Zimmer. Wir schaffen das auch ohne dich.«

»Nein«, erwidert Aaron. »Du hast mir geholfen, also helfe ich dir. Das machen Freunde so. Freunde so.«

Oh. Und schon habe ich noch einen Freund. Das ist ein sehr schönes Gefühl – es wäre allerdings noch schöner, wenn ich mir nicht gleich solche Sorgen um meine beiden Freunde machen müsste.

»Was soll das werden?«, fragt Torben. »Sollen wir uns totlachen? Ist das euer Plan? Das könnte sogar funktionieren. Was für ein jämmerliches Team – ein Weichei, ein Mädchen und ein Spast! Habt ihr einen Namen? Die Super-Loser oder so? Ich mach mir gleich in die Hose vor Lachen!«

Die drei rücken in einer Reihe langsam vor. Aaron und

Lilly weichen keinen Zentimeter zurück. Ich muss irgendwas machen.

»Halt! Stopp!«, rufe ich und stelle mich vor Lilly und Aaron. »Bevor ihr uns vermöbelt, will ich euch noch etwas zeigen! Es wird euch gefallen! Ganz sicher! Dauert auch nicht lang!«

Die Jungs bleiben stehen. »Etwas zeigen?«, sagt Torben mit skeptischem Blick.

»Was wird das?«, fragt Lilly flüsternd hinter meinem Rücken. »Einer deiner komischen Zaubertricks?«

Ich drehe meinen Kopf kurz nach hinten. »So was Ähnliches«, flüstere ich zurück. »Halte bitte Aaron die Augen zu.«

Lilly nickt.

Sehr gut. Wenn Aaron nichts sehen kann, sollte er auch nicht davon betroffen sein. Und Lilly ist sowieso immun, das habe ich ja im Wald schon gemerkt. Jetzt muss ich nur noch diesen Dämonenspruch richtig hinkriegen und hoffen, dass er funktioniert.

»Es gibt gar kein Risiko für euch«, sage ich zu Torben. »Ihr könnt gern ein paar Schritte Abstand halten, ich werde euch nicht einmal berühren.«

»Hm, okay. Du hast mich neugierig gemacht«, sagt Torben und die drei treten ein paar Schritte zurück.

Wie war das noch gleich? Der Tanz der Starre. Genau, das war es, ich erinnere mich. Ich stelle mich auf ein

Bein, wedle wild mit den Armen, strecke meinen Kopf nach vorne wie ein Huhn und hüpfe dabei hin und her.

»Ich sag's ja«, sagt Torben. »Er will, dass wir uns totlachen. Funktioniert aber nicht. Das ist nicht lustig, das ist nur peinlich.«

»Er hat recht«, flüstert Lilly hinter mir. »Das sieht total bescheuert aus. Falls das einer deiner Tricks sein soll, musst du noch ganz viel üben.«

»Wart's ab«, flüstere ich zurück.

Okay, jetzt der Spruch. Hoffentlich funktioniert das auch – sonst stehe ich echt da wie der letzte Depp.

»Ich tanz auf einem Bein!«, rufe ich. »Und alles wird zu Stein!«

»Jetzt reimt er auch noch«, sagt Torben. »Ich glaube, ich weiß, was er vorhat. Er will, dass uns schlecht wird.«

»Ich tanz auf einem Bein! Und alles wird zu Stein!«, wiederhole ich.

»Was genau willst du uns damit zeigen?«, fragt Torben. »Dass du nicht rappen kannst?«

»ICH TANZ AUF EINEM BEIN! UND ALLES WIRD ZU STEIN!«, rufe ich so laut ich kann.

»Was soll das denn jetzt?«, fragt Torben. »Nur, weil es lauter wird, wird … es … nicht … auto … matisch … bess…«

Das letzte Wort bleibt ihm im Hals stecken. Er bewegt sich nicht mehr. Ich gehe auf ihn zu und wedle mit der

Hand vor seinen Augen herum. Keine Reaktion. Der Rothaarige und Mütze rühren sich ebenfalls nicht. Es hat geklappt! Sie sind alle drei erstarrt!

Lilly geht neugierig auf die drei zu. Sie stupst Torben mit einem Finger an.

»Wie hast du das gemacht?«, fragt sie. »Und jetzt sag bitte nicht, das war Zauberei. Das glaube ich dir auf keinen Fall.«

»Ich habe zwar nichts gesehen«, sagt Aaron. »Aber sie wirken so, als stünden sie unter Hypnose. Vitus hat sie wahrscheinlich hypnotisiert. Hypnotisiert.«

Hypo was? Noch nie gehört. Klingt aber gut, das nehme ich.

»Genau«, sage ich. »Ich habe sie hypotomisiert. Das kann ich nämlich. Hat mir mein Vater beigebracht.«

»Ja, genau«, sagt Lilly und sieht mich sehr skeptisch an. »Du bist elf Jahre alt und kannst drei Leute gleichzeitig hypnotisieren, weißt aber gar nicht, wie es richtig heißt.«

»Bei uns in Ungarn heißt das eben so«, sage ich. »Musst mir ja nicht glauben. Funktioniert hat es trotzdem.«

»Das stimmt allerdings«, sagt Lilly. »Und was machen wir jetzt mit ihnen? Wie lang bleiben sie denn so?«

»Keine Ahnung« sage ich. »Das ist unterschiedlich.«

Im Buch stand irgendetwas von zehn bis zwanzig Minuten.

»Ich habe eine Idee!«, sagt Lilly. »Wartet hier! Ich bin gleich wieder da!«

Sie flitzt los und verschwindet in Richtung Treppenhaus.

»Wie heißt das nochmal richtig?«, frage ich Aaron. »Hypomabuse? Ich kann mir das einfach nicht merken, obwohl ich sehr gut darin bin.«

»Hypnose« sagt Aaron. »Dabei versetzt man sein Gegenüber in einen schlafähnlichen Zustand. Ich wurde auch schon einmal hypnotisiert, um meine Ticks loszuwerden. Das hat aber nicht geklappt, ich habe dem Hypnotiseur dauernd ans Schienbein getreten. Schienbein getreten.«

»Apropos«, sage ich grinsend. »Willst du dich den Jungs nicht noch einmal vorstellen? Ich bin mir nicht sicher, ob sie deinen Namen beim ersten Mal richtig verstanden haben.«

»Das ist eine sehr gute Idee«, sagt Aaron lächelnd. »Manchen Leuten kann man sich nicht oft genug vorstellen. Vorstellen.«

Er tritt jedem der drei einmal kräftig ans Schienbein, sie verziehen keine Miene dabei.

»Oh!«, sagt Aaron. »Ich habe auch eine Idee! Idee!«

Er verschwindet kurz in seinem Zimmer und kommt mit zwei dicken Stiften und einem kleinen Hocker zurück. Einen der Stifte drückt er mir in die Hand, dann stellt er sich vor Torben auf den Hocker und beginnt, irgendetwas auf Torbens Stirn zu schreiben. Als er fertig ist, steht dort: ICH BIN DOOF!

»Coole Idee!«, sage ich und fange an, dem Rothaarigen einen hässlichen Schnurbart zu verpassen.

Als ich Mütze gerade die Lippen rot anmale, kommt Lilly zurück. Sie hat einen Haufen Klamotten und eine Plastiktüte unter dem Arm. Als sie die drei bemalten Gesichter sieht, fängt sie an zu lachen.

»Sehr gut«, sagt sie und lässt die Klamotten auf den Boden fallen. »Ihr müsst mir helfen.«

Wir machen uns schnell an die Arbeit. Es ist gar nicht so einfach, die Jungs auszuziehen, und noch schwieriger ist es, sie in Lillys alte Klamotten zu zwängen, die natürlich viel zu klein sind. Aber das Ergebnis entschädigt für die Plackerei – die drei sehen absolut bescheuert aus in ihren Kleidchen, wir kriegen uns kaum noch ein vor Lachen.

»Und zum Abschluss noch die absolute Krönung«, sagt Lilly und zieht einen Haufen Haare aus der Plastiktüte.

»Du warst gerade weg und hast jemandem die Haare abgeschnitten?«, frage ich verwundert.

»Nein, natürlich nicht«, erwidert Lilly. »Hast du etwa noch nie etwas von Perücken gehört? Die habe ich noch von den letzten Jahren Halloween. Welche kriegt Torben? Ich bin für die Meerjungfrau.«

Lilly setzt den Jungs die Perücken auf. Ich dachte nicht, dass das möglich ist, aber jetzt sehen sie noch bescheuerter aus.

»Und jetzt das Wichtigste«, sagt Lilly. Sie zieht ihr Handy aus der Tasche und fängt an, die drei zu fotografieren.

»Achtung«, sagt Aaron irgendwann. »Ich glaube, Torben hat gezwinkert. Sie wachen wieder auf.«

»Alles klar«, sagt Lilly und geht ein paar Schritte zurück.

Aaron und ich stellen uns neben sie und wir warten gespannt darauf, dass etwas passiert.

Es dauert noch ein paar Sekunden, dann fängt Torben plötzlich an zu schreien.

»AAAAH! AUA!«, brüllt er und hüpft sich das Schienbein reibend auf und ab.

Den anderen beiden geht es ähnlich. Alle drei hüpfen jammernd umher – bis sie sich zum ersten Mal gegenseitig ansehen.

»Haha!«, prustet Torben los. »Wie seht ihr denn aus?«

»Bestimmt nur halb so bescheuert wie du!«, sagt der Rothaarige kichernd.

»Wer hat euch denn angezogen?«, fragt Mütze. »Eine blinde Tante?« Es dauert noch einen Moment, bis alle drei kapieren, dass jeder von ihnen aussieht wie ein schwerer Klamotten-Unfall. Sie schauen zuerst sich und dann uns fassungslos an.

»Das … Das waren die!«, sagt Torben uns zeigt auf uns. »Wie habt ihr das gemacht?«

»Tja, das bleibt unser kleines Geheimnis«, sage ich grinsend.

»Aber nur, wenn ihr ab jetzt immer sehr lieb zu uns

seid «, fügt Lilly hinzu und streckt ihnen ihr Handy entgegen. »Falls nicht, steht jeden Tag eins dieser Fotos samt euren Namen im Internet.«

»Genau«, sagt Aaron. »Ab heute werden nämlich die Erpresser erpresst. Erpresst.«

Die drei sehen sich an, dann stecken sie ihre Köpfe zusammen und tuscheln etwas. Schließlich wendet sich Torben wieder an uns. »Ich muss zugeben, das ist ein wirklich guter Plan«, sagt er. »Nur leider habt ihr dabei eins vergessen: Was passiert, wenn ihr die Fotos nicht mehr habt? Los, Jungs!«

Die drei stürzen auf Lilly zu. Lilly reagiert blitzschnell und wirft das Handy Aaron zu. Er fängt es, die Jungs stürmen in seine Richtung, Aaron wirft es zu mir. Ich

renne damit ein Stück den Flur hinunter, die Jungs verfolgen mich. Ich bücke mich und lasse das Handy über den Boden zurück zu Lilly schlittern. Die Jungs müssen wieder umdrehen. Lilly hat Schwierigkeiten, das Handy vom Boden aufzuheben. Das wird eng. Sie sind schon fast bei ihr. Sie steht wieder. Im letzten Moment wirft sie das Handy. Es fliegt sehr hoch. Und sehr weit. Ich hechte darauf zu, springe und kriege es zu greifen. Jawohl, ich habe es! Moment mal. Wo ist denn der Boden hin verschwunden? Unter mir sind plötzlich nur noch Treppen. Das kann nicht gut sein.

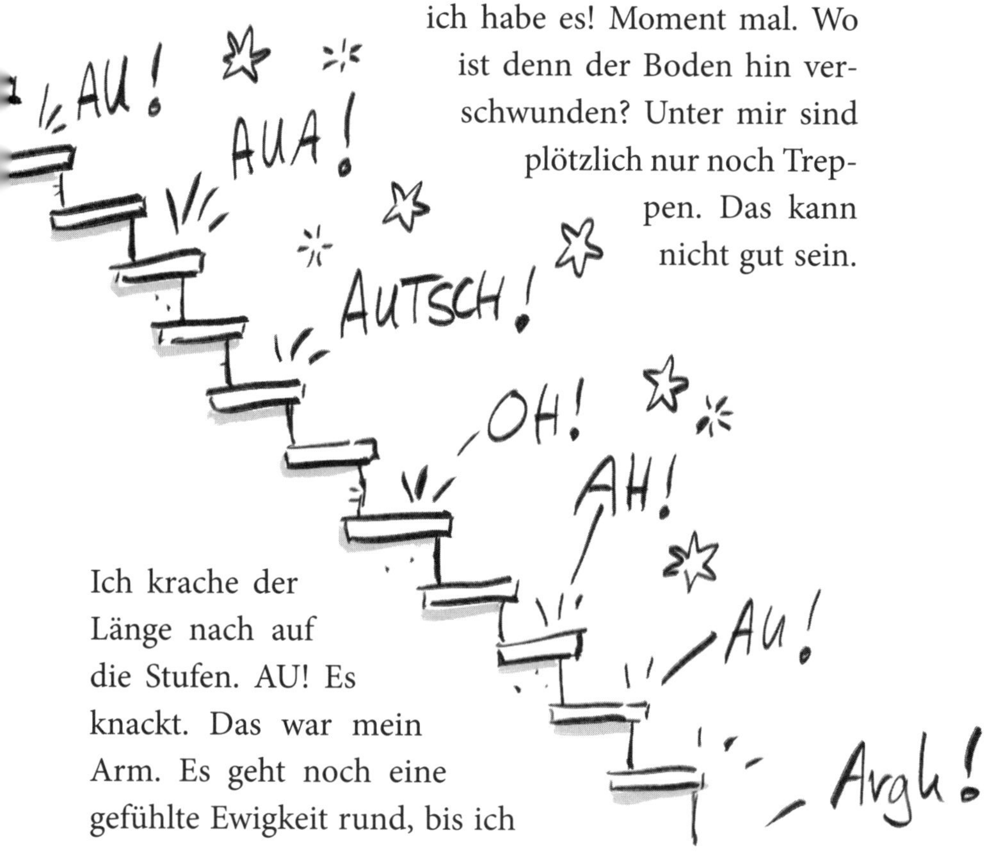

Ich krache der Länge nach auf die Stufen. AU! Es knackt. Das war mein Arm. Es geht noch eine gefühlte Ewigkeit rund, bis ich endlich mit dem Gesicht auf flachen Boden knalle und liegen bleibe. ….

Als ich meine Augen öffne, sehe ich ein Paar Füße vor mir stehen. Ich hebe mühsam meinen Kopf und sehe Gustav. Ich strecke ihm den Arm mit dem Handy entgegen. »Hier«, krächze ich mit letzter Kraft. »Versteck es. Schnell.«

Gustav nimmt das Handy, nickt kurz und flitzt davon. Sehr gut. Dann war diese Treppen-Tortur wenigstens nicht umsonst. Ich höre Schritte, die hastig die Treppe herunter näher kommen.

»Vitus! Bist du okay?« Das ist Lillys Stimme.

Ich hebe wieder meinen Kopf und versuche, mich zu ihr umzudrehen. »Ich …« Weiter komme ich nicht. Mein Kopf knallt zurück auf den Boden und das Licht geht aus.

Von: darfkeinerwissen@hoelle.de
An: chef@hoelle.com
Betreff: Streng geheimer Geheimbericht 3

Das wird nicht besser. Junior hat einem Jungen geholfen. Böse geht anders.
Dämonensprüche funktionieren nur manchmal. Hat sich fast verraten.
Zu dumm zum Fangen ist er auch. Hat sich fast den Hals gebrochen. Haben ihn gerade abtransportiert, da hat er noch gelebt.
Mehr morgen.

Untertänige Grüße
XXX

Verbockt

Ich war in der Hölle. Nur leider nicht in meiner. Hier oben gibt es offenbar auch eine. Sie nennen sie Krankenhaus. Zwei Tage lang haben sie mich dort festgehalten. Ich war in einem weißen Zimmer eingesperrt, an ein Bett gefesselt. Vorher haben sie noch meinen Arm ganz eng in Gips eingewickelt, damit ich ihn nicht mehr bewegen kann. Weil er gebrochen ist.

Heute Morgen haben sie mich endlich freigelassen. Den Gips machen sie aber erst in vier Wochen ab, dann muss ich noch mal in diese Krankenhaus-Hölle.

Jetzt liege ich seit einer Stunde hier auf meinem Bett und kraule meine Lieblings-Cornibus-Katze. Er ist natürlich ausgeflippt vor Freude, als ich wiedergekommen bin. Er wusste ja überhaupt nicht, was passiert ist, und hat mich die zwei Tage überall gesucht. Zum Glück hat ihn niemand dabei gesehen – zumindest hat er das behauptet.

»Cornibus ganz klein gemacht«, hat er gesagt. »Fliege, Floh und Maus. Nur einmal Giraffe. Baum so hoch.«

Völlig ausgehungert war er natürlich auch, also habe ich ihm gleich eine ganze Tafel Schokolade spendiert, die er in einem Stück verputzt hat. Seitdem liegt er schnurrend auf meiner Brust und lässt sich von mir den Kopf kraulen, während ich mich zu Tode langweile. Mir ist so langweilig, dass ich mich sogar darauf freue, morgen wieder in den Unterricht gehen zu dürfen. Alles ist besser als … Moment mal. Wonach riecht es denn hier plötzlich? Ich kenne diesen Geruch, das riecht nach … Cornibus springt plötzlich auf, faucht wie verrückt und verwandelt sich noch in der Luft in eine Spinne, die sich sofort in eine Ritze des Deckenbalkens verkriecht. Seltsam, normalerweise reagiert er nur so schreckhaft, wenn … Ein Knall ertönt, eine gelbe Rauchwolke erscheint vor meinem Bett. Jetzt weiß ich, woher ich diesen Geruch kenne – das riecht nach zu Hause. Jemand tritt aus der Schwefelwolke hervor. Papa. Kein Wunder, dass sich Cornibus so schnell verzogen hat, er hat Angst vor ihm.

»Höllenfluch und Teufelsfurz«, knurrt mein Vater. »Ich hasse es, auf diese Art zu reisen!«

»Papa!«, sage ich mehr als überrascht. »Was machst du denn hier?«

»Ich wollte mal nachsehen, ob du noch lebst«, sagt er. »Die Nachrichten von hier oben waren ja alles andere als gut.«

»Ja, ich lebe noch«, sage ich. »Nachrichten? Was denn für Nachrichten?«

»Hier, lies selbst«, sagt er und zieht einige Blätter Papier aus seiner hinteren Hosentasche.

Ich nehme und lese sie. Es sind ausgedruckte E-Mails, in denen nicht sehr freundlich formuliert steht, was ich bis jetzt hier oben alles gemacht habe.

»Du hast einen Spion auf mich angesetzt?«, frage ich entsetzt.

»Na klar, was denkst du denn? Ich muss doch wissen, was du hier oben so treibst.«

Aha. Das hätte ich mir eigentlich denken können. Und das erklärt auch die Anwesenheit eines anderen Dämons, die Cornibus gespürt hat.

»Wer ist es?«, will ich wissen.

»Das wüsstest du wohl gerne«, sagt mein Vater grinsend. »Ich könnte es dir sogar verraten. Dort, wo du jetzt hinkommst, wird er schließlich eine neue menschliche Form annehmen und du wirst ihn nicht erkennen.«

Moment mal, was war das?

»Wo ich jetzt hinkomme?«, frage ich. »Was soll das heißen?«

»Na, das bringt doch nichts. Du hast es verbockt. Wir verschwinden hier, pack schon mal deine Sachen.«

Wie bitte, was? Das ist doch hoffentlich nicht sein Ernst. Ich will hier nicht weg! Huch. Habe ich das wirklich gerade gedacht? Vor drei Tagen hätte ich noch alles dafür gegeben, nicht hierbleiben zu müssen. Und jetzt will ich plötzlich nicht mehr weg. Sehr seltsam. Aber es ist tatsächlich so. Ich möchte gern hierbleiben. Es gefällt mir hier. Trotz Unterricht und Ärger mit den Idioten und viel zu leicht brechender Knochen. Hier gibt es Sonne. Und frische Luft. Und Schokolade. Und Freunde. Aaron und Lilly und Gustav vielleicht auch. Genau, ich habe zum ersten Mal in meinem Leben Freunde. Die gebe ich ganz bestimmt nicht so einfach wieder her, auf keinen Fall.

»Verbockt? Was habe ich denn verbockt?«, frage ich.

»Das weißt du doch ganz genau«, sagt mein Vater. »Wir haben dich hierhergeschickt, damit du endlich richtig böse wirst und weniger Mitleid hast. Und was machst du? Du hilfst ständig irgendwelchen Leuten! Und du wirfst völlig unvorsichtig mit Dämonensprüchen um dich! So funktioniert das nicht, Luzifer!«

»Aber … Aber das stimmt doch gar nicht!«, erwidere ich. »Ich habe nur Aaron geholfen! Und böse war ich auch dabei! Ich lerne ganz viel übers Bösesein hier! Und mit den Dämonensprüchen passe ich ab jetzt besser auf, versprochen! Bitte lass mich hierbleiben!«

Mein Vater setzt sich auf den Rand des Betts.

»Ach, Luzie«, sagt er. »Ich will ja nicht nur meckern. Die Jungs erstarren zu lassen und sie anzumalen und zu verkleiden war wirklich gute Arbeit. Du hast tolle Bestrafungsideen.«

Na ja. Das mit dem Erstarrenlassen war zwar meine Idee, auf den Rest sind aber Aaron und Lilly gekommen. Offenbar brauche ich schon noch Hilfe beim Bösesein. Aber das werde ich ihm jetzt ganz sicher nicht unter die Nase reiben.

»Es tut mir ja leid«, fährt er fort. »Aber du verstehst

einfach noch nicht ganz, was es heißt, ein Teufel zu sein. Du musst tief in deinem schwarzen Herz und zu allem und jedem böse sein, und zwar immer und überall. Und offensichtlich war dieses Internat dafür die falsche Wahl. Hier gibt es zu viele nette Menschen, das lenkt dich nur ab. Darum kommst du jetzt in eine Strafanstalt für Jugendliche. Da sind alle böse und du hast gar keine andere Wahl, als auch böse zu sein.«

In eine Strafanstalt? Da sind dann wahrscheinlich nur solche Idioten wie Torben und seine Kumpel. Oder noch schlimmere. Nein, da mach ich nicht mit.

»Was für ein Blödsinn«, sage ich. »Ich glaube, *du* hast nicht verstanden, was es heißt, ein Teufel zu sein. Wieso muss ich denn böse zu netten Menschen sein? Das bist du doch auch nicht. Dafür ist die Hölle auch gar nicht da. Zu uns kommen nur böse Menschen. Und zu denen sind wir böse, um sie zu bestrafen. Nette Menschen kommen doch nie zu uns, die kriegen wir gar nicht erst zu sehen. Also müssen wir auch nicht böse zu ihnen sein. Wir sind nur böse zu den Bösen. Und genau das habe ich bisher hier oben auch gemacht. Ich habe die Bösen bestraft. Dass ich dabei zufällig nebenbei anderen geholfen habe, kann dir doch völlig egal sein.«

»Hm, so habe ich das noch gar nicht betrachtet«, sagt mein Vater und kratzt sich nachdenklich am Kinn.

»Es gibt hier bestimmt noch viele böse Leute, die ich bestrafen kann«, sage ich. »Und vielleicht lernen sie ja sogar etwas daraus und sind dann nicht mehr so böse.«

Das bezweifle ich bei Torben und seinen Kumpeln zwar stark, aber das muss ich ihm ja nicht unbedingt sagen.

»Du willst also wirklich gern hierbleiben?«, fragt mein Vater.

»Ja, bitte«, antworte ich. »Ich glaube, das ist genau die richtige Schule für mich.«

»Na gut«, sagt mein Vater. »Von mir aus. Ich muss das nur noch mit dem CEO klären, aber das kriege ich schon irgendwie hin.«

»Oh super! Danke, Papa!«, sage ich und falle ihm erleichtert um den Hals.

»Nichts zu danken«, sagt er lachend. »Aber eins muss dir klar sein: Sobald du Mist baust, geht es sofort in die Strafanstalt. Hast du das verstanden?«

Ich nicke.

»Gut«, sagt mein Vater und steht auf. »Dann verschwinde ich mal wieder. Ich bin nicht gern oben. Früher fand ich es zur Abwechslung manchmal ganz schön, aber heute gibt es nichts mehr, das mich hier reizt.«

Er zwinkert mir noch zu, dann verschwindet er in einer dicken Schwefelwolke.

Uff. Das ist ja gerade noch mal gut gegangen. Ich darf hierbleiben, bei meinen Freunden, das ist echt super. Das Einzige, was mich ärgert, ist, dass ich nicht weiß, wer dieser Spion ist. Aber das kriege ich schon noch irgendwie raus.

»Papa weg?«, höre ich Cornibus' Stimme über mir.

»Ja, kannst wieder runterkommen, du kleiner Schisser.«

»Cornibus kein Schisser. War nur Vorpflichtmaßnahme. Cornibus will bei Luzie bleiben.«

»Das heißt Vorsichtsmaßnahme«, verbessere ich ihn.

Oh, es hat an der Tür geklopft. Ich gebe Cornibus ein Zeichen, dass er sich wieder an die Decke verkrümeln soll.

»Herein!«, rufe ich.

Die Tür öffnet sich. Aaron, Lilly und Gustav strecken ihre Köpfe ins Zimmer.

»Kommt rein!«, sage ich freudig.

»Puh, was stinkt denn hier schon wieder so?«, fragt Gustav mit angeekeltem Gesicht.

»Es riecht nach Schwefel«, stellt Aaron fest. »Oder nach faulen Eiern. Eiern.«

»Ach, das geht bestimmt gleich vorbei«, sage ich. »Setzt euch doch.«

Die drei nehmen um mich herum auf dem Bett Platz.

»Wie geht's dir denn?«, fragt Lilly. »Alles gut überstanden?«

»Ja, ich denke schon«, sage ich. »Tut noch ein bisschen weh.«

»Dagegen haben wir dir was mitgebracht«, sagt Gustav und legt drei Tafeln Schokolade auf meinen Bauch.

»Oh, wie cool!«, sage ich. »Vielen Dank!«

Ich öffne eine Tafel und jeder nimmt sich etwas davon.

»Gab es denn jetzt noch Ärger mit Torben und den anderen?«

»Nein«, sagt Lilly. »Als du die Treppe runtergepurzelt bist, sind sie sofort abgezischt. Wahrscheinlich hatten sie Schiss, dass sie jemand so sieht. Seitdem machen sie einen großen Bogen um uns.«

»Das sah aber auch zu geil aus«, sagt Gustav kichernd. »Ich hab's ja leider nur auf den Bildern gesehen. Oh, apropos, wir haben ja noch etwas für dich. Aaron?«

Aaron zieht ein kleines rechteckiges Ding aus seiner

Hosentasche und drückt es mir in die Hand. Was soll das denn sein? Noch nie gesehen, so etwas. Ist das vielleicht was zum Naschen? Ich lecke vorsichtig daran.

Die drei fangen an zu lachen.

»Was denn?«, frage ich.

»Hast du noch nie einen USB-Stick gesehen?«, fragt Lilly. »Du bist echt sehr seltsam, Vitus. Aber ich komme schon noch hinter dein Geheimnis. Verlass dich drauf, da lasse ich nicht locker.«

Das ist allerdings zu befürchten. Ich fürchte, Lilly kann sehr hartnäckig sein. Das heißt, ich muss in Zukunft noch mehr aufpassen.

»Da sind die Bilder drauf«, sagt Gustav und zeigt auf den USB-Stick. »Das ist sozusagen unsere Versicherung gegen Torben und seine Idioten.«

»Kommt, wir gucken uns die Fotos noch mal an«, sagt Lilly.

Sie zückt ihr Handy und hält es so, dass wir alle draufgucken können. Ein paar Sekunden später kugeln wir uns alle auf dem Bett vor Lachen.

»Iiiiiiih!«, ruft Gustav plötzlich und springt hektisch vom Bett auf. »Da ist eine Spinne! Und sie ist ziemlich groß!«

Cornibus hat sich von der Decke abgeseilt. Er schnappt sich ein Stück Schokolade und zieht sich damit zurück nach oben.

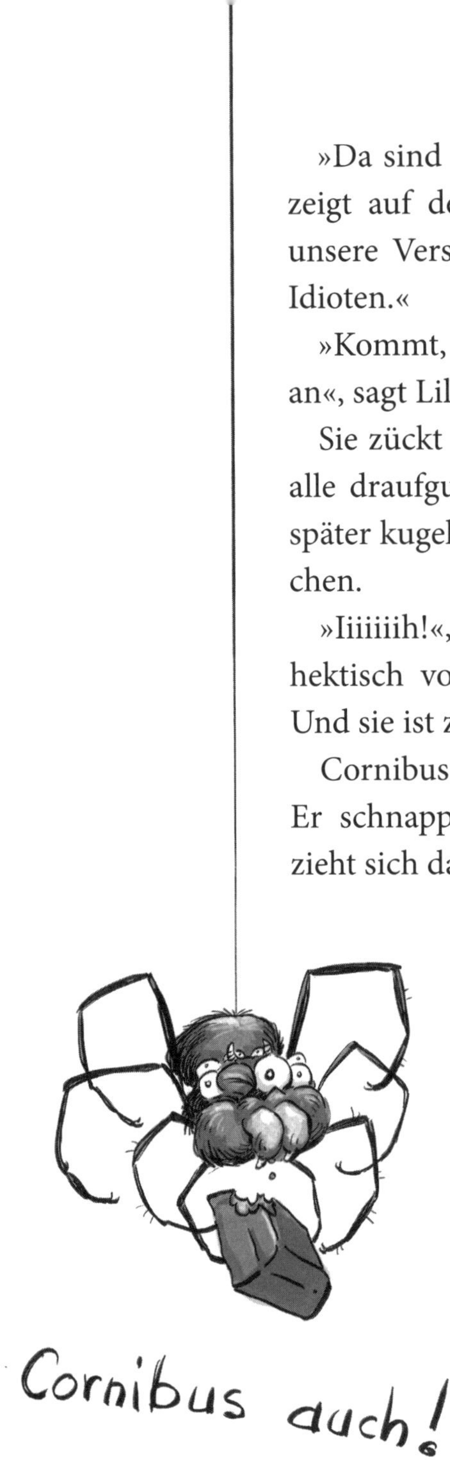

»Keine Sorge«, sage ich. »Die tut dir nichts. Die gehört zu mir.«

Die drei sehen mich kurz erstaunt an, dann fangen sie wieder an zu lachen. Ich schiebe mir ein Stück Schokolade in den Mund und lache mit. Ja, es ist definitiv die richtige Entscheidung, hierzubleiben – ich glaube, ich werde noch teuflisch viel Spaß hier haben.

Jochen Till, geboren 1966 in Frankfurt/M., sitzt seit nunmehr zwanzig Jahren in der Hölle in Abteilung 66 (Schriftsteller und andere Lügenerfinder), von Luzifer höchstpersönlich dazu verdonnert, Kinder- und Jugendbücher zu schreiben. Was der Teufel allerdings nicht weiß: Er fühlt sich pudelwohl dort unten und hat höllischen Spaß dabei.

Raimund Frey, Jahrgang 1982, geboren in Isny im Allgäu, hat schon seit frühester Kindheit mit großer Begeisterung den Malstift geschwungen. In Mainz studierte er bis 2008 Kommunikationsdesign an der FH für Gestaltung. Heute arbeitet er als Freelancer in den Bereichen Buchillustration, Werbeillustration, Storyboard- und Konzeptzeichnung, Comic und Fantasy.

LUZIFER junior
FREUT EUCH AUF NEUE ABENTEUER!
HERBST 2017